新世紀叢書
當代重要思潮・人文心靈・宗教・社會文化關懷

我・拋棄了的・女人

わたしが・棄てた・女

遠藤周作——著　林水福——譯

遠藤周作
本人最鍾愛的小說之一

「人和人之間的交往，一定會在他人的人生當中，留下無法磨滅的痕跡。」

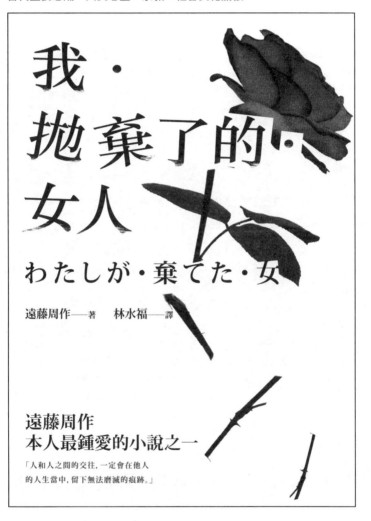

我・拋棄了的・女人

【目錄】本書總頁數296頁

導讀

寂寞的聖女

林水福

一

遠藤周作的長篇小說，如《沉默》、《武士》、《醜聞》、《深河》等屬純文學系列；而《我．拋棄了的．女人》則屬大眾文學系列。

一九五九年於《朝日新聞》連載的《傻瓜先生》，是遠藤自一九五五年得芥川獎之後的第一部大眾文學長篇小說。

一九六〇年年底，遠藤自「東大傳研醫院」轉「慶應醫院」；在《河北新報》等連載〈絲瓜君〉。

一九六一年，遠藤的肺部動了三次大手術，數度徘徊於鬼門關口。

一九六二年，大患初癒，當年僅發表少數幾篇隨筆。

而，一九六三年在《主婦之友》連載的就是這本《我·拋棄了的·女人》。《傻瓜先生》、〈絲瓜君〉和《我·拋棄了的·女人》都是遠藤周作一系列的大眾小說。尤其《我·拋棄了的·女人》是遠藤大病初癒後的第一部長篇小說，對他本人而言具有「歷史性」意義。筆者曾當面請教他，自己的作品當中，最喜歡哪一部？他毫不猶豫地說：最喜歡《我·拋棄了的·女人》和《傻瓜先生》。當時我有點意外，為什麼不是代表作《沉默》？也不是自認為寫作技巧比《沉默》更臻圓熟的《武士》呢？或者是那一部別創風格，著力於探討隱藏在潛意識中的「另一個自己」的《醜聞》呢？

然而，等到我讀了《我·拋棄了的·女人》之後，深受感動，多少能了解遠藤為什麼會那樣喜歡它，這也是我翻譯它的主要動機之一。

二

一談到大眾文學作品，喜歡純文學的讀者，或許會認為那只是用來打發時間的娛樂性東西，或許提不起精神仔細閱讀；相反地，大眾文學的讀者，也往往對主題嚴肅的純文學作品，抱著敬而遠之的態度。事實上，一流作家無論是純文學作品或大眾文學作品，必有他想追求的、探討的「共通主題」；因此，讀者如果單純以純文學或大眾文學決定閱讀與否，往往會與好作品失之交臂。

即以大文豪夏目漱石而言，他的《心》和《明暗》、《行人》以及《彼岸過迄》等名小說，都是在報紙連載的小說；其中《彼岸過迄》更是為與文學無直接關係的人而寫的，然而無損於作品的文學價值。

遠藤在〈談報紙的連載小說〉對於報紙連載的大眾小說有其獨特的看法。他說：

> 報紙的連載小說在法國稱為 le roman jounal，亦稍含輕視之意，然而在這兒我要賦予它更積極的意義。現代作家心中經常存在著能寫出如小仲馬的《三劍客》或雨果的《悲慘世界》等看來像小說的小說之願望。純文學作品，常會意識到評論家會有什麼反應，因此反而無法實現自己的理想；我希望在報紙的連載小說中實現理想。

從這一段話，我們清楚了解到：遠藤希望在報紙連載小說，實現純文學作品無法實現的「理想」；因此，他的大眾小說非但不是朝著通俗的方向後退，反而是更積極嘗試不同風格的「創作」。

三

遠藤是由評論轉為創作的小說家。一九四七年第一篇評論〈諸神與神〉，發表於堀辰雄主辦的《四季》雜誌，當時二十四歲的遠藤是慶應大學法文系學生。緊接著在《高原》雜誌發表〈堀辰雄論備忘錄〉；在《三田文學》發表〈天主教作家的問題〉，以天主教文藝批評家，受文壇和學界矚目。一九五〇年，以天主教留學生身分留學法國；入里昂大學，研究法國天主教作家如莫里亞克（Francois Mauriac）、貝爾納諾斯（Georges Bernanos）、安德烈・紀德（André Gide）、卡繆（Albert Camus），英國作家格雷安・葛林（Graham Greene）、美國作家威廉・福克納（William Faulkner）……等的小說技巧。

自法返日的第二年，即一九五四年，遠藤在《三田文學》發表短篇小說〈到雅典〉，這是他由評論轉為小說創作的開始；翌年五月，發表於《近代文學》的《白色人種》，獲第三十三屆芥川獎，時年三十二。從以上遠藤從評論轉為創作到獲芥川獎為止的簡歷，讀者或許已經注意到遠藤跟其他作家不同的是遠藤的天主教作家身分。在天主教傳統時日尚淺的日本風土，遠藤面對的是文學與宗教的矛盾和對立。遠藤在《黃色人種》、《海與毒藥》以及《留學》、《沉默》等作品，一再探討一神論與泛神論之間的對立和相剋等問題。

遠藤在〈我的文學〉中說：

把天主教的象徵傳達給非教徒，是我到目前為止，也是現在和今後自己的最大課題。當我在新宿、澀谷，或者是五反田等地方，看到擁擠的建築物和熙熙攘攘的過往行人時，經常會有一個念頭浮現上來，那就是：「在我的世界中」應如何描寫這種現象呢？新宿、澀谷和五反田的風景是純日本的，那兒毫無天主教的氣息；不！在哪兒都找不到可以證明神存在的地方。豎立在我眼前的電線桿是電線桿，建築物仍然是建築物；可是，如果神真的存在的話，那麼不應該只是存在於葛林所描繪的倫敦的裡巷，或者是莫里亞克描繪的蘭德的風景；也應該在看來和神沒什麼關係的新宿或澀谷的街頭，可以找得到呀！

遠藤在《我．拋棄了的．女人》巧妙地把宗教融合在一起；我個人也認為他充分傳達了基督的「訊息」。

然而，基督的「象徵」或「訊息」，更明確地說到底是什麼呢？我認為那就是愛。也就是已逝的武田友壽教授所稱的「命運的相關連」。小說中，遠藤安排兩個場面，藉由女主角森田蜜傳達基督的愛。

其一是：蜜的同事田口先生的妻子在發薪日到工廠來，向丈夫要錢；然而，田口先生的大半薪水已花在打牌和喝酒，因此田口太太連第二天大兒子要繳給學校三個月的伙食費也要不到。這時蜜的口袋正好有一千圓，那是她辛辛苦苦加夜班才賺到的——準備要給男朋友吉岡努買襪子和為自己買件羊毛衫的錢。蜜是心地非常善良的女孩，當她第一次和男主角吉岡努約會時，拒絕和他進入旅館；可是當她聽到吉岡努說曾患過小兒痲痺症，腳有點跛因此一直得不到女孩子的青睞，感到很寂寞之類的話之後，就覺得他好可憐，為了安慰他不惜獻出了自己的貞操。而當她看到田中太太面臨這種窘境，心一橫不管這麼多了，準備按原訂計畫買襪子和羊毛衫，可是，作品中緊接著出現的場面是：

風把灰塵吹入蜜的眼裡，吹過蜜的心田，也帶來了另一種聲音。那是：嬰兒的哭聲，男孩纏人的聲音，媽媽斥責男孩的聲音；和吉岡去的澀谷的旅館，潮濕的棉被以及斜坡上無精打采的女人。雨。有一張疲倦的臉，一直悲傷地注視著這些人的人生，對蜜輕聲說：

（喂！妳能不能回頭？……用妳身上的錢，去幫助那個小孩和他媽媽吧！）

（可是，）蜜拚命地抗拒那聲音。（可是，這是我每天晚上辛苦工作的酬勞，是我拚命工作才得到的。）

（我知道呀！）那聲音悲傷地說。（知道妳是多麼希望擁有羊毛衫，也知道妳是多麼拚命地工作，這些我都非常了解。所以我才拜託妳，希望妳能把準備用來買羊毛衫的一千圓，拿來幫助那個孩子和媽媽呀！）（討厭哪！這應該是田口先生的責任呀！）（可是，還有比責任更重要的東西呀！在人生的道路上，要把自己的悲傷和別人的悲傷連結在一起，我的十字架是因此才有的。）

蜜不太了解最後那句話的意義。不過，在寒風吹拂中，小孩嘴角那凸出的紅腫物，使她感到心痛。要是有人不幸，她都會感到悲傷；地上有人難過，她也同樣會悲傷……。

蜜最後聽從「疲倦的臉」的話，放棄替吉岡努買襪子和為自己買羊毛衫的「夢」，把辛苦賺來的一千圓，給了田口太太——這就是蜜的愛，也就是「把別人的悲傷當成自己的悲傷」的具體表現。

其二是：小說的最後一章，山形修女給吉岡努信中談到蜜的部分：

我剛剛說了些自大的話：愛德不是對悲慘的人所產生的臨時性感傷或憐憫，是需要忍耐和努力的行為。而阿蜜對於痛苦的人，根本不需要像我們那樣的努力和忍耐，馬上就可以和對方同甘共苦；不！我並不是說阿蜜的愛德行為中沒有努力或忍耐，而是說她在愛德的行為上，絲毫看不出有做作的痕跡。

這裡強調的是蜜的「愛德行為」，根本思想即〈瑪竇福音〉的「愛近汝者如愛已」的《聖經》思想；山形修女眼中，蜜在痲瘋醫院工作就是愛德的行為。

蜜被大學醫院誤診為痲瘋病，因此住進山形修女工作的痲瘋醫院。過了一星期與世隔離的日子之後，才發現是誤診，於是收拾簡單行李走出醫院；但她發現「到哪裡……結果都一樣」，於是又回到醫院，開始照顧痲瘋病患。蜜回到痲瘋醫院後，準備去找加納妙子時的情景是：

蜜飛快地跑出會客室。穿過病房與病房間的中庭，沿著雜樹林邊緣的傾斜地，就可以到田裡。

幾道夕陽的光束，從雲間照射到樹林和傾斜地；田裡三個患者工作著的影子，如豆粒般大小。

蜜背對著夕陽的餘暉，在雜樹林邊緣停住腳步；以前曾帶著憎恨的心情，眺望過的這幅風景，現在卻讓蜜產生了彷彿回到故鄉般的思念情懷。森田蜜斜靠在樹林裡的一棵樹幹上，心裡咀嚼著那種情懷，仰望著夕陽的餘暉……

蜜曾經和癩病患者在醫院度過悲傷、痛苦、孤獨和絕望的生活。那麼是什麼原因促使蜜回到痲瘋醫院呢？是對不幸者的同情？或是對被社會遺棄的痲瘋患者的憐憫呢？還是出自於年輕的蜜，想為世上不幸者奉獻的心理呢？顯然這些都不是促使蜜回到這裡的原因，那麼到底是什麼原因呢？我們可以從山形修女和蜜的對話，找到真正的答案：

這種疾病並不是因為它是疾病而不幸，而是因為患了這種病的人，跟其他病的患者不同；會被到目前為止一直愛著自己的家人、丈夫、情人和孩子所拋棄，必須過著孤獨的生活，所以才不幸。不過，不幸的人之間，彼此會因不幸而結合在一起；在這兒大家分享著彼此的痛苦和悲傷。前些日子，當妳第一次走出室外時，妳知道大家是以什麼眼光迎接妳？因為大家都有過相同的經驗，所以都期待著妳能夠早一天投入共同生活中。像那種情形，是一般社會裡見不到的呀！即使是這樣，就看妳的想法如何了，在這兒其實也可以尋找到別的幸福。

蜜沒有回答，但是她很認真地聽著山形修女所說的話。到今天為止，她從沒有聽過這樣的話，當然，在她的小腦袋裡，是無法完全理解山形修女所說的話；不過她一直是自己雖然不幸，但每看到他人也不幸時，還時時刻刻想伸出手去幫助別人的女孩！而現在，當她從修女那兒，聽到其他的患者熱烈歡迎自己時，高興得眼裡含著淚；甚至覺得厭惡他們、對他們醜陋的容貌感到可怕的自己，實在是個很壞的人。

「哪……」

蜜把繡針和布放在膝上，她覺得那些患者好可憐而為他們難過，甚至忘了自己也患著同樣的病。她問修女：

「他們都是好人，為什麼要受這種苦？這麼好的人，為什麼會遭遇到這麼悲慘的命運？」

促使蜜回到痲瘋醫院的原因就是這種和他人共甘苦的心理；或許也是她猶豫著是否要把千圓借給田口太太時，對她輕聲說：「在人生的道路上，要把別人的悲傷和自己的悲傷連結在一起」的那張「疲倦的臉」的主人促成的；不！是「疲倦的臉」的主人一直活在蜜的心中。遠藤藉著蜜說出了真正的愛的真諦，這種愛是現今這個婆娑世界最缺乏，也是最需要的。

四

遠藤在這部小說中想探討的，除了愛（即命運的相關連）之外，還有「自我聖化」的課題。

作者藉著吉岡努在「我的手記（一）」的末尾中說：

誰也不相信現代還有所謂理想的女性，可是，現在我卻認為她是個聖女……。

再者，山形修女給吉岡努信的結尾也談到：

要是神問我，最喜歡的人是誰？我會馬上這麼回答：像阿蜜那樣的人；要是神問我，想成為怎樣的人？我也會馬上回答：像阿蜜那樣的人……。

蜜是個平凡且愚蠢的女孩，沒什麼教養，也沒有特別的魅力；可是，最後在吉岡努的眼中看來是個「聖女」，在山形修女的眼中更是「理想的人」；這到底是什麼原因促成的呢？遠藤在《聖經中的女性》談到貝爾納諾斯的《鄉村牧師日記》（*Journal dun cure de campagne*）時說：

我重讀貝爾納諾斯的《鄉村牧師日記》……這部小說最吸引我的地方是，主角的鄉下牧師是生活在和我們同一地點的；他的身體既不健康，頭腦也不很好，而且出自善意所做的事幾乎都失敗了。如果，他現在走在街上，和我們擦身而過，我們可能連頭也不會回過來看他；因為他的臉是那麼平凡，跟你我沒什麼兩樣。

可是當我們翻到小說的最後一頁時，會發覺到那平庸的，而且有著和我們一樣的弱點的神父，不知何時已經走到我們所達不到的境界——人生最崇高之處。

《鄉村牧師日記》中從第一頁到最後一頁，主角的生活和每天洗臉、擠電車的我們是一樣的，都為著生活而奔波；他也和我們一樣每天被無意義的瑣事所包圍。然而他逐漸從不惹眼的、無聊的日常瑣事中「活」過來；雖然也和我們踩著滿是石塊而且凹凸不平的路，可是最後他卻成為聖人。

無疑地，森田蜜也是作者在相同意圖下創造的人物。蜜，也是在平凡，不！或許該說是在泥濘的生活中，最後聖化了。聖化是把人生從卑下提升到崇高的境界。蜜不是信徒，不相信神真的存在，可是她表現出來的行為，卻是許多自稱為信徒，甚至是有些矢志終身奉獻給神的人無法比擬的。然而，是什麼原因促使她聖化呢？無疑是她那「看到有人受苦，無論何時都會忍受不了」的個性使然，也是她對「愛」的希求。

反過來看，吉岡努為了發洩性慾，無意中找到了蜜，在第二次約會時即利用她善良的天性——看到別人難過、受苦時自己也感到難過的弱點——騙了她的身體，之後就把她拋棄了。吉岡努大學畢業後為了出人頭地，刻意追求社長的姪女三浦真理子，雖然自己也辯稱著除了功利思想外，對真理子並非全無愛意；但不可否認，最主要還是出自利己主義的心理。小說中的吉岡努，並不是什麼罪大惡極的人，他的行為在一般社會中是常見的；然而，最後他從蜜——被他拋棄了的女人身上，卻「發現」了自己的醜陋和自私，同時也提升了自己的人性。「我的手記（七）」倒數的第二段：

為了確定自己的想法，我靠在屋頂上的扶手，注視著黃昏的街上。在灰雲下，有無數的大樓和住家，大樓和住家之間有無數的路；路上也有無數的巴士、車子行駛著，行人走著；那兒有無數的生活和各式各樣的人生。在無數的人生當中，我在蜜身上所做的事，只要是男人，誰都會有過一次經驗；應該不只是我，可是……可是我卻有種寂寞感，這到底是從哪裡來的呢？我現在已擁有小小的卻很踏實的幸福，我不想因為和蜜的記憶而捨棄那幸福；然而，這寂寞到底是從哪裡來的呢？要是蜜教了我什麼，那可能是：掠過我們人生的，儘管只是一次，也一定會留下永不磨滅的痕跡；而那寂寞可能就是從這痕跡來的吧？還有，這修女所信仰的神，要是真的存在，那麼這就是神透過那樣的痕跡對我們說話？然而……這寂寞到底是從哪裡來的呢？

五

宛如基督透過人的生活方式，告訴我們愛的形態，又像《聖經》中神顯現在眾弟子身上那樣，神也藉著人的姿態顯現在我們眼前，而且透過每一個人的生活告訴我們人生的意義。遠藤在《我・拋棄了的・女人》藉著森田蜜平凡且短暫的一生，告訴了吉岡努，不！不只是吉岡努，也告訴了這本書的每一位讀者，什麼是愛、神與人生。從森田蜜的人生，或許我們也會察覺到人性的低落，發現自我主義的醜惡，從而反省、思索應如何度過今後的人生？遠藤在這部小說中把他的宗教信仰充分反映在文學裡，兩者巧妙融合為一。他的作品常常令人反省、深思！

1

我的手記（一）

鰥夫房間會長蛆……

這是從前就留傳下來的話；謙虛有禮的讀者，當然不至於真的去參觀這兩個年輕人的宿舍；更不會去翻看到底髒到什麼程度、臭味又多熏人？

不過，您要是有在外求學的兄弟或情人，我建議您不妨找個日子「突擊檢查」一下他的宿舍，保證門拉到一半就會臉紅，大叫：

「唉喲！我的媽呀！」

之後，久久說不出話來。

這故事是第二次世界大戰結束後的第三年，在兩個年輕人的宿舍裡開始的。或許有些地方會讓女讀者退避三舍；但是，這可不一定是我的罪過喲！當時長島繁男和我──吉岡努是單身的學生。在兩人一起生活的神田宿舍裡，雖然沒有真的長蛆，可是夏天裡跳蚤到處「飛舞」，可真教人引以為傲！那時租房子很難；我們能夠找到既不要保證金，又不需要權利金，在神田戰火洗禮後，剛搭起的臨時木板房屋中，有著六疊大小的棲身空間，可也真費了好大的苦心呢！

我的朋友──長島繁男，這名字可能會讓人聯想到當今大名鼎鼎的棒球選手長島先生；要是讓您把他想成那麼強壯、英挺的青年，可真便宜了他。當他光著身子時，那薄薄的胸膛，肋骨根根突起，這全是因為長期胡亂吃東西，或只吃明太魚──拜食糧困難的學生生活之賜呀！而我的情形更糟，孩提時候曾患過小兒麻痺症，因此身子不但瘦弱，連右腳也有點跛。

兩人平常很少到學校露臉。戰後鄉村蕭條，父母提供的生活費時斷時續，沒辦法只得忙著打工——這是當時大學生的生活寫照，我們也不例外。談到打工可不像現今的學生，靠著在樂隊演奏或在公司當經理就月入兩三萬；我們得從中盤商那兒把剛上市的電氣用品或鋁製鍋送到小賣店；或者是在賽車場或海邊賣獎券、冰棒，淨是做些和頭上方形帽不相稱的工作，這才是我們打工的內容。

（要錢也要女人！）

說了句下流的話，惶恐得很；不過這可是我和長島當時的心情。沒錯，那是不用說了；至於態度和襪子一樣很快變硬、變臭的女人，對清寒的打工學生是根本連正眼也不瞧一眼的。

「想錢呀！也想和女人玩哪！」

沒打工的日子，我和長島戴著口罩躺在棉絮都跑出來見人的「萬年床」上，這麼歎著氣。我們並非因感冒而戴上口罩，而是在個把月都沒打掃過的房間，稍微一掀動，灰塵立刻就從棉被裡像煙霧般地往上衝；因此，即使是髒懶成性的我們，也不得不戴上口罩。

那是一個秋晴的午後，美麗的陽光從窗隙中直洩入屋內，空氣清澄得連遠處人家家中收音機傳出的笠置靜子唱的〈布吉伍舞曲〉（boogie-woogie）也清晰可聞。盤腿坐在萬年床上，兩人喝著用電熱器煮的芋頭雜燴；雜燴的香味混合著萬年床所散發出的臭味，竟讓人聯想到母親。秋天萬里無雲的藍空和這味道，同樣令人感傷。

「喂！喂！那個要是不吃就遞過來吧！」

把從麵店偷來的碗放在嘴邊的長島，露出貪婪的眼神說。

「混蛋！剛剛不是已經多給你兩湯匙了？」

「唉！真不能老過著這種生活，總覺得身體和精神……都變髒了。」

長島意外地也有感傷的時刻；像這時他就突然說出這樣的話。

聽說他小時候住在山梨縣，那兒一到秋天就開始摘葡萄。棚架上的串串葡萄，在陽光照射下發出如褐色寶石般的晶瑩亮光；戴著菅草笠、打著綁腿的女孩們，忙著把葡萄摘進手籃裡。

「女孩們踮著腳尖，摘著葡萄；那時我還是個小孩子，每當年輕女孩伸長身子時，會露出和服下襬和綁腿之間的白色膝蓋；那時，我覺得好美呀！每到秋天……不知為什麼老是會想起那白色的膝蓋來。」

長島動著筷子，心裡似乎又在回味著那時的情景；而我的眼前也好像看到露在和服和黑色綁腿之間的白色膝蓋，在秋陽下伸長身子摘葡萄的年輕女孩。要是能和那樣年輕的女孩們摘葡萄，即使只是一次，該是多麼幸福呀！

「唉呀！糟了，打工的時間到了！」長島從夢中回到殘酷的現實。

「我忘了現在的日子是錢比女孩還要緊。」

他急忙站起來，解下沾滿油污的圍巾，手伸入放在衣櫃內唯一的舊行李箱。

「好髒呀！」

好像狗扒土似地，拿出一件又一件已經髒了的襯衫和褲子。

「咦？怎麼連一件比較乾淨的都沒有，你到澡堂去也不洗身子，不行的啦！」

事實上，我和長島都把髒衣物塞到這件舊行李箱中。剛開始住在一起時，也是各穿各的內衣褲；但不知從什麼時候開始，我的襯衫變成他的襯衫，他的褲子變成我的褲子。更糟的是，懶惰成性的我們，為了省掉洗衣的麻煩，養成從個把月都沒洗、堆得像小山似的內衣褲中，重新挑出看來不髒得那麼可怕的再穿的壞習慣。（讀者呀！請您不要皺眉頭，我剛剛不是說了嗎？這不只是我們。您的兄弟、情人……反正男人單獨生活時，都差不多的……）

我和長島在微弱陽光照射的御茶水車站洶湧的人潮中分了手。他到離車站不遠的住宅區，幫某大戶人家溜狗去了。狗——這東西可別小看了牠，聽長島說，那戶人家中養的獵犬，吃的都是些乳酪、牛奶等「大餐」。在戰後的日本人當中，有錢人還是很有錢的。

我在駿河台下車，走向全國學生援護協會的事務所。事務所聽起來滿好聽的，其實不過是臨時搭建的小建築物，學生們不斷進出的場所罷了。然而，這小事務所卻提供了我們房租便宜的公寓和新的打工機會。

事務所前，在微弱的秋陽下，有和我一樣面龐瘦削的學生們站列著。不管是穿著復員服、戴著角帽的男子也好；或是穿著破爛西裝的男子也好，全都是學生。

我加入他們的行列，看著貼在事務所牆壁上的打工布告。撿皇宮前和芝蒲草地的垃圾，工資雖然不錯，可是對患過小兒痳痺症的我來說，是件很吃重的工作；賣獎券雖然不需花什麼力氣，可是錢太少；而家教的機會又都被東大、一橋那些一流大學的傢伙們給包辦了。

我不由得歎了口氣時，公布欄右邊貼著一張不起眼的小紙條映入眼底。已經有學生申請的工讀，事務員會用紅筆在紙上畫條斜線；而這張尚未沾到紅墨水。

「千葉縣在櫻花鎮發海報、傳單和輕勞動、日薪兩百圓、交通費另計。」

這張紙我想別的學生也應該看到了，一定是嫌跑到千葉縣太遠了。對啃麵包屑和吃芋頭雜燴的空扁肚子來說，想起為了打工而跑到老遠的千葉縣鄉下去，也真教人提不起勁。

（去呢？還是不去呢？）

我從口袋掏出小骰子放在手上轉。身為戰後學生的我，每當碰到有什麼不易決定的事時；就利用這個小骰子，並非以自己的意志，而是靠著外界的偶然來決定命運。由於骰子上出現的是偶數點，因此我把頭伸向事務所的窗口。

「啊！這個啊！這個嘛……」

中年的事務員耳朵上挾著枝舊筆，翻看卡片。

「斯旺興業社、神田神保町三丁目……這個呀！或許不是什麼正派的公司喲！」

「哈哈！管它是正派的公司，或是不入流的公司，都無所謂啦！」

中年事務員苦笑了一下，默默地拿給我要轉交給雇主的工作表。

到神保町三丁目，走路用不著十五分鐘，這一地區似乎稍微逃過戰火的洗禮，還留有一小撮的舊房舍。從破裂的板牆，傳出摺斷柴薪在炭爐點著火的聲音，是否正準備做晚餐呢？拉洋片的老伯，踩著腳踏車慢慢地從我身旁經過。

「請問斯旺興業社在哪兒？」

我向揹著小孩站在自家門前的中年婦人打聽著。

「旺興業？」

「不是旺，是斯旺，英文『天鵝』的意思。」

「這附近有這樣的公司嗎？……十七號的話，沒錯，應該是在這後面……」

在炭爐炊煙裊裊、逐漸暗下來的路上，我跟在拉洋片老伯的腳踏車後面；老伯在橫巷，一家看來像是不動產商的髒亂平房前，煞住腳踏車，停了下來。

那一家就是斯旺興業社。從斯旺（天鵝）這名字，我腦海中所描繪的是間白色的洋樓；可是呈現在我眼前的倒像是垃圾堆中爬出來的、有如小烏鴉般被塵埃弄髒了的房子。我打開沒裝妥的玻璃門；在土間①有張擺著電話的桌子，桌旁坐著短髮、戴眼鏡的男人，把穿著像

①譯注：日本傳統民家中用於區隔室內室外的人員進出空間，與地面同高。以前會作為工作場所，故相當寬敞，現已隨住宅形式改變，成為狹窄的玄關附設空間。

是駐日美軍所穿的卡其色褲子的腳伸得長長的……他看到我了。

「金先生、金先生，東西就放在這兒了。」

拉洋片的老伯把用腳踏車載來的商品畫放在土間，稱呼對方金先生。不知怎的，這個留著短髮的傢伙，像戰後才到東京來的外國人。

「好！好！明天還來嗎？」

老伯點點頭，關上玻璃門，發出「咔嗒」的聲音後走了。短髮的男子用手指邊挖鼻孔邊說著：

「啊，對了！你有什麼事？」

「我是看了打工的布告來的，是學生。哪！這是我的學生證。」

「好，我知道了！你是從學生會來的？」

「是學生援護協會來的。」

「好！好！工作是散發海報、傳單，幹不幹？」

「幹！是發海報、傳單吧！」

受到對方發音的影響，我的日語也變得怪怪的。

「嗯，就是那些。」

順著金先生戴著金色大戒指的手所指的方向望過去，土間的角落上散置著海報和宣傳單。把這些海報和傳單張貼、散發到千葉縣的櫻花鎮及近郊的村子，似乎就是我明天的工作。拿了一張百圓鈔票——這是我今、明兩天的交通費——放入口袋，走出斯旺興業社。耳中傳來賣豆腐的喇叭聲，想到長島今早說的話：吃雜燴，似乎把身、心都污染了，我的心突然感到淒涼和寂寞。邊走邊看傳單，在被鋼版墨水弄髒的紙上，醜得要命的字跡寫著：

「淺草最受歡迎的ENOKEN（エノケン）②演唱令人懷念的名曲，東京的ENOKEN終於來到櫻花鎮公演」

談到ENOKEN，連三歲小孩都知道。在電影界和話劇界頂紅的這位喜劇界第一人，與六大都市的一流劇場一定早就安排好檔期，再怎麼說都不可能跑到千葉縣這麼鄉下的地方來。

再說嘛……就算是答應什麼慈善義演，而因安排有誤跑到這麼偏僻的鄉村來，也不應該會交給像斯旺興業社這種形跡可疑的事務所出面，負責公演事宜啊！

（這其中必定有古怪！）

我想起學生援護協會那位已有白髮的中年事務員的低語：

---

②譯注：係指當時名喜劇演員暨歌手榎本健一（一九〇四～一九七〇），暱稱為榎健（即エノケン），廣受歡迎，有「日本喜劇王」之稱。

「或許不是什麼正派的公司……」

不過，不管是正派的公司，或是騙人的公司，對現在的我來說是一樣的。在櫻花鎮散發那些海報、傳單，除了兩百圓外還有交通費可拿，這對我來說已經夠了。在神田的鈴蘭街上，用看來像是第三國人③的金先生給我的錢，享受了一餐久未嚐過的「黑輪」（おでん）和炒飯後才回到公寓。長島不知還在哪兒蹓躂，尚未回來。鑽入滿是體臭的被窩——卻睡不著，長島所說摘葡萄的姑娘又在腦中浮現；秋陽下她們的白色膝蓋，像泉水般滋潤了我的心田。

翌晨十點左右，我沒理會睡得像烤雞似的長島，穿上舊雨衣走出宿舍。

「怎麼了？無精打采的，沒事吧？」

短髮的金先生，用跟昨天一樣戴著大戒指的手指著宣傳單說：

「把那些用背囊揹著，到這紙上寫的地方去發。」

從市川到櫻花鎮，搭汽車大約要一個小時，我的工作是把傳單散發到櫻花鎮附近的三、四個村子，這是件很吃重的工作。當我發現這樣的工作一天才兩百圓工錢，根本不划算時，已經太晚了。

「好！好！」我猶豫了一下，最後仍然說出口。「這傳單上寫的是真的嗎？」

「哈哈哈……你以為是假的嗎？」

金先生用細長的眼睛瞥了我一眼，顴骨突出的臉頰上，浮現出輕蔑的笑容。既然這麼說，就不必再問下去了。

「那麼……」

「等等……」

金先生是想籠絡我？或者是真的對我這可憐的打工學生起了菩薩心腸？從卡其色的褲袋掏出美國香菸「幸運安打」（luckystrike）給我，這準是跟他身上穿的西服一樣，是駐日美軍那兒流出的黑市貨。

還以為海報和傳單沒什麼，等到用借來的背包一揹到身上後，意外地發現可重得很；對患過小兒麻痺症的我來說，揹這樣的東西是很吃力的。在那時間從御茶水往千葉去的國營電車上很空，人家看我扛著背包，說不定還以為我是賣芋頭的呢！心才這麼忖度著，馬上看到五、六個和我一樣揹著包袱和舊背包的小販，上了前面的車廂。

在市川車站搭上巴士後，馬上就是綿延不絕的公路了。公路上有棵大松樹聳立著，這是天然紀念物——市川之松。旁邊有電影院的招牌，用油漆畫的池部良的臉好大、好大；沒多久巴士就轉向左邊，巴士逐漸離開市街，搖晃也越來越厲害了。櫸樹和青楓櫟的樹林充滿著秋天的氣息，栗樹已枯成褐色，全無生氣；大樹的葉子在陽光下閃爍，飄落在路上和農家屋

③譯註：原指戰後居住在日本之非本國和非盟軍的第三國人士，主要是指日本殖民時期的在日韓人與台灣人，後演變為日本人對韓國人和台灣人的歧視性用語，簡稱「三國人」。

頂上的落葉，宛如片片金幣。

田裡的泥土是黑色的。落葉在農家的稻草屋頂上增添了紅色的色彩，農家庭院中的柿子美得耀眼。當我從車掌小姐口紅塗得厚厚的口中聽到距離櫻花鎮只有兩站時，趕緊跳下車來。

去年選舉時，我也幹過張貼海報、散發傳單的工作。跟多數學生一樣，我也贊同革新派的政見；不過思想和打工是兩碼事的。某個以搞建築起家的保守黨候選人，曾是我打工的對象；那時我把印有他照片的傳單貼在澀谷或三軒茶屋的電線桿上，並不覺得難為情。可是，現在戴著方形帽，打開背包口，把這騙人的傳單投入悠閒農家的信箱或丟在走廊上，卻感到內疚得很。

每戶農家都看不到人影，是否都到田裡去了？只有被我腳步聲驚嚇的雞「咯！咯！咯！」地叫著，跳上套廊。庭院掉著一本封面已破損的舊《明星》雜誌，順手撿起隨意翻看著，裡面有電影紅星和流行歌手的照片。心想既然是丟在這樣的庭院中任風吹雨打，可能是準備賣給收舊貨的吧！於是若無其事地把它放進雨衣的口袋裡，準備在回程的巴士中用來殺時間。

白色的鄉村路上，有兩個似乎是從學校準備回家的男孩，拿在手上的樹枝有蟲附著。我問：

「這是什麼蟲？」

「你不知道嗎？是尺蠖啊！」

「看得懂這海報嗎？」

半捉弄地拿了大約十張左右的傳單給小孩看。

「E、NO、KE、N……哦，是ENOKEN。」

「是的，你知道嗎？」

「好久以前爸爸曾帶我去看過他的電影。好有趣呢！啊，是ENOKESO（エノケソ）。咦？這是要做什麼的？」

「那個ENOKEN要到櫻花鎮來。」我笑著，「喂！把鼻涕擤擤！要不要幫哥哥的忙？」

「什麼事？」其中一個看著另一個的臉，「那可要看看是什麼事喲！」

「其實是想請你們幫忙把這些海報貼到學校、村公所的牆壁上。」

我的如意算盤打得真好，就這樣子把三張海報和為數不少的傳單散發到這村子裡。到下一個村子，我又用同樣的手法，小孩子們都高高興興幫忙，替我省了不少力氣；最麻煩的還是櫻花鎮，還好到那兒時海報和傳單已剩下不多了，脹得鼓鼓的背包和我的肚子一樣凹下去了。

回到東京，天色已暗。把背包送回斯旺興業社時，短髮的金先生仍然坐在冷冷的桌前；把腳伸得長長的，用手指挖著鼻屎。

「哈哈！工作做完回來了？」

「是的。」

一和金先生交談，我的舌頭又變得不靈光了。

「筋苦……筋苦。」

筋苦？可能是辛苦的意思吧！從抽屜拿出大皮包，一、二、三、四……十圓鈔票數到二十張。

「不要亂花呀！你的精神看來不好啊！」

「是嗎？」

「嗯，總覺得沒精神，是不是被女孩子甩了？」

「不是被甩，根本就沒有女孩子喜歡我。」

儘管跟這短髮、看來像是第三國人的金先生坦白說也於事無補，但不知怎的，我對他卻有好感。或許是心裡打算著：要是跟他拉好關係，往後打工機會不但不用愁，也許有時還可以像今天早上那樣有「幸運安打」可拿；說不定還可以要到駐日美軍的一兩個罐頭。

金先生似乎沒看出眼前這打工學生的卑鄙念頭，在第三國人特有的顴骨突出的臉頰上浮現出微笑。

「你真是阿呆、阿呆呀！年輕的女孩啊，很快就可以到手的。你想談戀愛吧？」

「嗯……可以說是的。」

在電燈泡昏暗的光線下，這個像外國人的人滔滔不絕地對我這個日本學生說著；雖然有時候口水會噴到臉上來，不過並非全無傾聽的價值。

金先生用他那沒有濁音的日本話說，給女孩子強烈的第一印象是很重要的。懦弱、畏首畏尾是不行的；總之，為了讓年輕女孩喜歡，要裝得高尚、擺擺架子。可是，光是這樣還是無法在年輕女孩中留下印象的，戰後的年輕女孩，喜歡有個性的男人。

「要一擊成功，剛開始就要一箭射中的。」

「您從剛才就一直強調說一擊成功，到底要怎麼做才行呢？」

給予初見面的女孩強烈印象，這個我能了解，至於怎麼做呢？我就不懂了。

「阿呆！阿呆！」

金先生一直說我是阿呆。

「說話呀！說些讓女孩子忘不了的話。什麼話都行，即使是下流的話，總之就是讓女孩忘不了的話。」

「下流話？」

「下流呀！」金先生慢條斯理地用戴著戒指的手指，指著自己穿著原色牛仔褲的屁股。

「從這裡出來的東西——大便。」

「啊、啊……原來是指糞便呀！對年輕的女孩說那種話……這我辦不到！」

「怎麼？阿呆！阿呆呀！」

為了想讓女孩第一次見面就留下強烈的印象，是要不擇手段的；什麼難為情、不好意思等都是多餘的。金先生的話是否也意味著：戰後進出黑市和市場的外國人——那旺盛的生命力和能量，也可以用在追女孩子方面呢？

要是給了強烈的印象之後，女孩一定會記得自己的；管它是好是壞——至少有了橋頭堡，然後再進攻，把她一擊攻下。打電話，要求約會，約會的當天就要吻她，縱使拒絕或吃排頭也不要緊，然後下一步，就是故意安排讓她看到自己和別的女孩在一起的場面，這一招保證有效。

「不管是哪一種女孩，沒有不吃醋的。女孩要是吃了醋，就輸定了。」

可是聽著聽著，我反而鬱悶起來。金先生的祖國是連食物味道都很強烈的；在肉上抹了一層厚厚的辣椒，甚至醃漬的東西，也要加上大量的辣椒。但是對喜歡味道清淡的日本國民，這種做法就不適合了。

「改天再來請教您，今天我有點累了。」

「好，好，不用工作時，歡迎隨時再來。」

事務所的外面，天已全黑了；正要打開沒裝妥的玻璃門的當兒，我又再重複問了一次。

「金先生！ENOKEN真的要到櫻花鎮表演嗎？」

金先生顴骨高聳的臉頰上展現笑容；他第一次告訴我事實的真相。

「真是睜眼瞎！哪裡寫著ENOKEN？不是明明寫著ENOKESO嗎？是ENOKESO呀！」

被他這麼一說，我把鋼版印的紙張拿到昏暗的燈光下仔細看，果然不錯，ENOKEN的N（ン）彎彎的變成SO（ソ）。

「真的是ENOKESO。金先生，不怕被抓去嗎？這種欺騙法。」

大眼鏡後的金先生笑著搖搖頭，他說：就算是當地人，也沒人會認為在大都市之外還能看到ENOKEN。到現在為止，笠置靜枝啦、柳家銀吾樓等的演出，連一次糾紛都沒有發生過。

總之，這樣的事是在飯上、醃漬物上加了許多辣椒的人幹的事；我們是做不來的。

而……第二天下雨。雨，一直下個不停，把宿舍的薄鐵板屋頂打濕了；雨滴從彎曲、已有裂隙的玻璃窗滲進來。午後的街上，有人吹奏著舊喇叭，不知是否因中氣不足？那喇叭聲很快就中斷了，但沒多久又繼續吹了好一陣子。

長島今天又打工去了，我拜兩百圓傳單之賜，整整躺了一天。像這麼空閒的日子，到學校逛逛也不錯；但不知是否因倦意猶存，或者是不想被雨淋濕，根本就不想出去。

我注視著天花板上的雨痕，我喜歡看那雨痕，孩提時代，有一天因肚子痛沒上學；在跟學校不同的寂靜家中，注視著天花板上的雨痕度過一天。雨痕在小孩眼中變成雲、變成動物、變成夢、城啊！

孩提的往事清晰地在心中甦醒過來，我睡了一會兒後醒過來，醒過來後又再睡著了；哀怨的喇叭聲夾雜在淅瀝的雨聲中久久不絕。

吊在牆壁上的雨衣，口袋脹得飽飽的。對了！那裡面放著昨天在家中無人的農戶庭院裡撿到的舊雜誌——是一大堆放在理髮店等候室，掉了頁也不管，刊登電影和流行歌曲的雜誌。

每一頁上都有演員或歌手的正面照片，裝模作樣的表情，露著白色的牙齒和酒窩；然而這些人的現實生活又如何呢？人，是沒有太大區別的；就像我散發海報、傳單，賺取兩百圓那樣，他們在用白色的牙齒和酒窩「做」出的表情上，也同樣堆積著寂寞的人生。寂寞的人是需要偶像的。

「無論到哪兒都恩恩愛愛，意氣相投的池部良先生和山口淑子小姐的聯合演出。」

這樣的一排鉛字映入我眼中，在鉛字下有神經質的青年和大眼睛的女演員並肩笑著。最後的黃色頁是讀者聯誼室，佐賀縣、長野縣崇拜大明星的傢伙們準備組團；友情就像雨天的水泡，產生得容易消失得也快。愛，說不定也是一樣的？

為了排遣無聊，強忍著一個連一個的呵欠，繼續翻下去。

我是津島惠子的影迷，我每天都看惠子芭蕾舞姿的照片。如果有像惠子那樣的姊姊，該有多幸福啊！

——兵庫縣　武庫郡良元村字鹿塩　小林章太郎

我是喜歡電影的十九歲平凡女孩，我期待著若山節子的影迷寫信給我。

——東京都　世田谷區經堂町八〇八　進藤先生轉　森田蜜

我兩手交叉枕在頭下，又一次呆呆地注視著天花板上的雨痕，心裡催促著自己：既然那麼需要女孩子，管她是怎樣的女孩不都一樣嗎？例如：寄明信片給這本舊雜誌黃色頁上的傻女孩們，或許寫著期待來信的那個女孩挺適合的。

我有如在打工時，為了忍受肚餓嘰哩咕嚕叫而猛咬菸屁股似地，把從大學筆記簿上撕下的紙放在桌上，我不知叫森田蜜的這個女孩長得怎麼樣？反正，明後天她就會收到這封信了；搞得好的話，說不定能把她弄到手。

這就是我認識她的開始，也是不久之後就把她像小狗般拋棄的開始。說是偶然也的確是偶然，但是，在人生的道路上，我們要是沒有「偶然」，又哪裡會有「關係」呢？人生本來就有著太多的偶然，就拿一輩子生活在一起的夫婦來說，他們或許是在百貨公司的餐廳吃炒麵時，偶然坐在一起，是從這麼平凡的事，才認識彼此的也說不定。但那絕不是無聊的事，那是人生意義之線索所在——這也是經過長時間之後的今天，我才了解的。那時我根本不相信神，可是，如果真的有神存在，或許這是神利用極平凡的、日常生活中經常發生的偶然，讓世人了解到祂的存在。誰也不相信現代還有所謂理想的女性，可是，現在我卻認為她是個聖女……。

2

我的手記（二）

那天，我們第一次見面時，她是什麼樣子，經過長久歲月後的今天，我已經記不清楚了。如果是真正的情侶，那麼第一次約會時的情形，即使是彼此手指輕微地碰一下，或是女孩羞怯的笑容，一輩子都會清楚記得，深深刻劃在心中。可是，那個女孩對我來說，只不過是我別有企圖的對象罷了；套句流氓的話——就是「勾引」、「弄到手」……是的，事後那個女孩就像晚上最後一班電車經過月台時，被吹落得越滾越遠的空香菸盒一樣地被拋棄了。

不過，在模糊的記憶中，也並非全無印象；她指定的約會地方，是距離她住的宿舍很近的下北澤車站前面。（蜜信上寫著要是像新宿或澀谷那樣不熟悉的鬧區，她會迷路的）我還記得：車站骯髒的廁所就在旁邊，阿摩尼亞的味道很刺鼻；每當電車從頭上的高架鐵路發出巨大聲響通過時，黑色的油滴就滴在我破爛的鞋前。在還沒有從戰禍中恢復過來的東京的偏僻地方，這種情形是很常見的；或許對精神枯竭的我來說，反倒是個約會的好地方也說不定！

我把手伸入髒了的雨衣口袋裡，數數帶來的錢，心想沒約在咖啡廳見面是聰明的；實在沒有必要在那種地方叫兩杯淡而無味的咖啡，一杯就得三十圓，徒然浪費金錢。我們當學生的都知道哪些地方用不著花錢，我還記得那時，售票處的時鐘已超過約定的五點半。

蜜在信上說她是在經堂的工廠工作的事務員。工作沒做完是不能外出的，她用的是十張五圓的廉價茶色信封，連信紙也是便宜貨，字差勁得像小學二年級的學生：

「大學校也有若山節子的影迷啊！我在体假日看了若山節子主演的《青色山脈》，很受感動；我還把那首歌背下來，在工作的時候哼唱。除了節子之外，在新人當中我喜歡鶴田浩二。」

把大學寫成大學校，休假日的休寫成体，尤其是把鶴田浩二的名字寫成假名更讓我和長島捧腹大笑。

「想吃也得看貨色呀！像這種……」連長島都嘲笑起我來了。「你想當烏龜嗎？」當烏龜是那時候的學生用語，意思是，把女的比喻為兔子，男的就是追求兔子的烏龜。「當烏龜又怎樣，你自己呢？」我對他頂嘴說。「不是連這種貨色都捉不到嗎？」

然而，在等待她到來之前，忍受著從車站的廁所飄出的刺鼻臭味時，我又想起長島的話；對這麼急於認識女孩子的自己，突然感到厭惡起來。

五點早就過了，從車站剪票口走出的人潮，聳著肩向左或向右分散開去；人群中看不到像是森田蜜的女孩。在平交道的對面停放著一輛宣傳車，有個男人把喇叭口轉向這邊，開始播放起流行歌曲的唱片。我打算再等一班電車，要是叫作蜜的女孩再沒搭上這班車，就準備打道回府了。

就在這時候，我看到兩個女孩通過鐵路的吊欄；眼睛睜得大大的，邊向四周張望，邊向宣傳車上的男人不知打聽些什麼？男人指向我的時候，我直覺是森田蜜來了。我不知道兩人當中到底誰是森田蜜，其中的一人躲在同伴的背後朝我這兒走來；當她們快接近我的時候，兩人都露出了為難的表情，拉著彼此的手。

「妳去問吧！」

頭髮梳成三條辮子垂在肩上，個子矮而微胖的女孩對同伴輕聲說。

「不要啦……妳去問好了！」

在她們對話之際，我趁機打量兩人的服裝和鞋子。兩人身上都是穿著柿子色的毛線衣和黑色的裙子——這些東西在東京偏僻地方車站前的市場都有賣；裙子底下的襪子出現一條條的皺痕，那一定是在膝蓋上用橡皮圈把襪子固定起來才會這樣子。兩人的臉是東京偏僻地方隨處可見的；那是在撞球場或彈珠店上班的女孩的臉；或是星期天觀賞優待電影，把本事小心翼翼地拿在手上的女孩的臉。（失算了！）我在心裡嘀咕著。（失算了！）

可是，念頭一轉，既然如此，今天不能再這樣損失下去了，就挑一個臉蛋比較好看的！

「妳是森田蜜嗎？」

兩個女孩露出怯怯的表情點點頭。比起把頭髮梳成三條辮子的女孩，另一個女孩的眼睛、鼻子看來要好看些。

「哪一位是森田小姐呢？不是妳嗎？」

運氣真不好！其實像鄉下村姑，又像小學生似的，把頭髮梳成三條辮子的才是蜜。

「怎麼是兩個人來呢？」

「是她要我一起來的。」不是蜜的另一女孩似乎生了氣地小聲說，「我不是說了嗎？他不喜歡我跟來呀！」

儘管早有心理準備，如長島嘲笑的，又不是和什麼名門閨秀約會，只是找個人填補寂寞罷了；可是等到只有森田蜜和我單獨在一起時，又突然覺得很悲哀——那種絕望和失落的心情，就像明明知道考不上，可是一旦在榜上真的找不到自己名字時的心情一樣。

「阿蜜，我，要回去了，可以嗎？」

另一個女孩以微含敬意的眼光看我，然後向森田蜜告別。

「那不太好吧？阿好！」

蜜的表情真的很為難，她抓住同伴的手，卻被掙脫掉了，阿好跑向車站登上階梯走了。緊接著有一列電車發出巨大聲響，從頭上的高架鐵路通過；刮下來的紙屑黏在蜜裙下的短腿，我看了一眼那柿子色襪子的皺痕，感到乏味極了。

「阿好回去了，真是傷腦筋！」

她用鞋尖踢著地面嘀咕著。

「有什麼傷腦筋的？妳難道沒和男朋友約過會嗎？」

「哪有那樣……而且……我……」

「假日，妳都一個人去看電影嗎？」

「不是呀！都和阿好一起去的。」蜜第一次笑了，那笑容摻雜著愚笨和善良。「假日都和阿好在一起。」

我想總不能老是站在這廁所臭味熏人的地方，於是移動腳步，蜜就像小狗般乖乖跟在後面。

「要去哪裡呢？」

「帶妳去保證讓妳嚇一跳的地方。」

我突然想起那晚金先生所說的話，於是說起輕佻的話來。（阿呆！真是阿呆！就算是下流的話，或什麼話都可以）突然間，我對自己認真等待的竟是這般愚蠢的女孩時，感到悲哀起來！可是，也不能就這樣子甩掉不管啊！

兩人走出澀谷車站時，已是夜晚了。下了班忙著趕回家的人群，露出疲憊的神態，摩肩擦踵地從月台湧向階梯。矮個子且微胖的她，為了趕上我的大步伐，很辛苦地賣力移動著腳步。

「鼻頭都出汗了耶！」

深秋的夜晚，八公廣場前涼意已深，而蜜的蒜頭鼻上卻出了汗；廣場四周聚滿了約會的男男女女。

「我從沒到過人這麼多的地方，您呢？」

「嗯！來過，還在這兒賣過獎券哪！我不打工是沒辦法念書的。」

反正對方又不是什麼名門閨秀，也用不著討好這種小女孩，於是說話的語氣就粗魯起來了。

「那麼，您——」蜜的聲音忽然變得親切起來。「是在工作？」

「是呀！滿辛苦的，學費和生活費都得靠自己賺才行。」

至今記憶猶新：那時，蜜突然停住腳步用憐惜的眼光看著我，然後猶豫了一下，把小手伸入廉價毛衣的口袋裡。

「怎麼了？」

「剛剛是您幫我付了電車費吧！我自己的部分，自己付。」

「妳說什麼耶?!」

「可是您亂花錢……明天，不就麻煩了嗎？」

道玄坂斑馬線上的信號燈由紅轉綠，人潮把我們推往電影院的街道；人潮從後面把我和蜜分開了，但很快肩又靠在一起，而她也不管現在是在大馬路上，竟大著嗓門說：

「不可以亂花錢呀！我只付自己的。我和阿好在一起時，也都是這樣子。」

「妳身上有多少錢？」

「有四百圓。」

四百圓！那可是我的兩倍。我把冰冷的手放入雨衣的口袋裡，用手指心疼地摸摸弄皺了的十圓鈔票——那是向長島借了一百圓，再加上自己的一百圓；要是今天就把這些錢全部用光，也真夠令人心疼的。

「嘿！看不出這女孩子倒是很有錢！」轉瞬間我討好似地說。「妳一個月薪水有多少？」

蜜開始對我自滿起來了，這時我才知道她在經堂的製藥工廠當事務員的月薪是三千圓，但因鎮裡的工廠人手不足，如果幫忙包裝或什麼的另外還有津貼；現在和阿好住在一起。

「妳的家鄉在哪裡呢？」

「在川越。您知道嗎？」

「不知道。偶爾也回家嗎？」

蜜的家庭似乎很複雜，她皺著眉頭搖搖頭。

澀谷的「地下生活者」和新宿的「最底層」，都是我們大學生在那兒喝酒、唱歌流連忘返的地方。白天看來像是倉庫的破舊房子，天色一暗卻也有種山間小屋的氣氛；在原木上纏繞著人造的常春藤，煤油燈垂掛在天花板上；燭火把聚在這兒的男女身影斜映在牆壁上。穿著怪異、俄式上衣的男子，在大家觥籌交錯之際，用放在膝上的手風琴演奏起俄國的民謠。

連這種地方蜜似乎都是第一次來，就像劉姥姥進大觀園般，躲在我的背後緊抓著我的雨衣。

「到這種地方來，是不是很貴？」

「當然很貴嘍！」我譏笑地說。「妳身上不是有四百圓嗎？」

「這些夠嗎？不過，回去的車費可要留下來呀！」

豈只是夠而已，給一百圓還可以找回許多零頭呢！但是我沒說出來。

「到這裡來的都是大學校的學生嗎？」

她怯怯地看著店裡到處走動的、穿著黑毛線衣的青年和戴著貝雷帽、叼著香菸的女孩，這些都是我最討厭的文藝青年和戲劇少女——都是些嘴裡嚷著存在主義啦、虛無主義啦等等好像很有學問的樣子，可是身上穿的卻是骯髒的內衣褲和臭味熏天的襪子的傢伙。

「這些人都和您一樣，是大學校的學生嗎？」

「阿呆！」

不知哪來的傢伙，裝模作樣地坐在一二樓間的階梯上，拉起手風琴來了。在紫色煙霧瀰漫的座位上，青年和少女們配合著拍子唱起歌來；這群傢伙的臉上，明白地寫著合唱是青春的特權，是高尚的生活，在那些空虛的臉上有一種寒風吹過的感覺。

「妳，不知道嗎？這首歌……叫作〈特洛依卡〉。」

「我不知道。」蜜悲傷似地搖搖頭。「我不過是初中畢業罷了。」

「那麼，請那個拉手風琴的，拉妳喜歡的……〈青色山脈〉吧！」

由於我的諷刺，蜜把頭低下來，然後難為情地微微挪動屁股。

「怎麼了？」

「廁所在哪裡？」

「廁所？是W．C吧？」

「嗯！」

蜜深深地歎了一口氣的同時，已經從毛線衣的口袋裡掏出一把衛生紙來。剛剛會面的地方滿是廁所的臭味，而現在才剛坐下來她就馬上想上廁所。（我和她真是臭味相投呀！）

蜜起身上廁所後，我抽著香菸；這時有人拍我肩膀，回過頭一看，是個用凡士林和髮蠟把學生帽帽緣塗得閃閃發亮的男子。

他名叫絲川，和我念同一所大學，戴著一副白色無框的眼鏡，是那種走在路上不停用大拇指和中指弄出「達達」聲響的男子。

「很相配喲！」

「什麼？」

絲川把小拇指豎得挺直。

「是女朋友吧？」

「別說笑了。哼！誰會對那種小女生有興趣？」

「好好，算了！反正是要上吧！」絲川討好地說，「讓她喝這兒的卡克提爾；想要儘快弄上手，那是最好的。」

卡克提爾，這名字聽起來滿好聽的，其實是這家店在燒酒裡滲入汽水，用小汽水瓶子裝的，一瓶賣八十圓的飲料。喝起來味道意外得好，不知情的女孩常會一口氣就喝完，很快地燒酒會使她的身體麻痺、失去控制力。

「我去幫你叫。」

絲川閉上一隻眼，用手指對著服務生弄出「達」的聲音。

等蜜從廁所回來時，服務生已把透明的液體倒入兩只廉價的玻璃杯中，端過來了。現在回想起來，那時我只要對她說一句「不要喝」就好了。可是，當時絲川從角落裡投射過來的視線卻讓我感到疼痛，要是不採取行動，絲川一定會向同伴們嘲笑我連一個小女孩都弄不到手；何況那時我內心某處也有一種聲音在催促著：

（反正不是談戀愛的對象，上就上吧！）

「這是什麼？」

蜜的大蒜鼻子旁邊，浮現出傻傻的笑意，我默默地看著她把那液體像喝茶似地喝光。

「我從沒喝過像這樣的外國酒，很貴吧？」

「是呀！」我疲倦似地回答。「啊！是很貴、很貴的。不過……妳不用擔心。」

不一會兒，她的臉紅得很難看，厚厚的嘴唇淫蕩似地微微張開著。

「我好快活！要是也帶阿好一起來就太棒了。阿好一定會嚇一跳的！」

蜜的話逐漸地變得親暱起來，絲川從角落的位子用單眼對著我打暗號，剛剛那個裝模作樣的男子又開始拉起手風琴。戴著貝雷帽，留著山羊鬍子的老頭子，從那邊的桌子繞到我們這邊來了。

「他真的會為我拉〈青色山脈〉這首歌嗎？」

「走開！」

老頭子走到我們桌前，在蜜的耳旁不知嘀咕些什麼。

「走開！」我大吼著。「沒人要你看手相。」

「沒關係。老伯！請您看看，錢由我付。」

穿梭在澀谷的餐廳、酒店，專為人看手相的老頭子，那天晚上對蜜佔卜運勢所說的，不過是「信口雌黃」罷了；但是他說蜜對人太好了，會導致自己身亡的那句話，或許只是「偶然」卻被說中了。他說：「妳太善良了，不小心是不行的，否則老是會被男人利用喲！」我嘲笑他胡說些什麼，而蜜只是像白癡似地笑出聲來。最後，老頭子還說了一句：「妳幾年之後會碰到想都沒想過的事。」想都沒想過的事？到底是什麼呢？老人沒說出來，露出狡猾的笑容，從蜜的紅色錢包中騙走了二十圓，揚長而去。

從椅子站起來的時候，蜜已醉了，步履不穩搖搖晃晃、嘴巴張得大大的，抓著我的手臂一步一步地慢慢走下階梯。在階梯上我和絲川擦身而過。

「Goodbye！」

「別開玩笑了！」

我已決定了把蜜帶到什麼地方去。我記得打工時曾在道玄坂往左轉，沿地下鐵的車庫旁，上陰暗斜坡裡，有家旅館寫著：兩人住宿一晚百圓。

道玄坂的商店已到了打烊的時候，髮上抹了很多髮蠟的店員，兩手抱著硬鋁製的套窗，邊關門邊吹著口哨。在人行道上昏暗的角落裡，圍著圍裙的中年婦女，把從書店買到的風漬書，排列在報紙上叫賣著；有一本雜誌封面上印著年輕的裸體女郎彎著手臂、枕在頭上；三四個男人眼睛睜得大大的正翻看著。手上拿著「情侶咖啡廳」廣告的皮條客，看到我和蜜露出輕蔑的笑容，不知說些什麼嘲笑的話。還有烤地瓜的車子，發出「奇擦」的車輪聲，從我們剛轉彎的路轉向道玄坂去了。

（是ENOKEN嗎……）

不知為什麼我突然很寂寞地又想起在金先生那兒的打工——四處散發傳單的事。把ENOKEN巧妙寫成ENOKESO，滿是油墨的髒傳單；我恥笑那些傳單，可是仔細想想，把它們散發到秋日農村的不就是我自己嗎！現在的我不也像故意把真的ENOKEN寫成假的ENOKESO那樣，正用如情人般的語言在欺騙著這個女孩嗎？然而那時，在沿著地下鐵的車庫和鐵路專用線的大和田町一角的斜坡上，可以看到澀谷稀疏的燈火：那時候的人們，是過著沒有必要區分真假的日子。

「我喜歡上妳了。」

我注視著斜坡上的一盞小燈，用背誦方程式的口氣說著。用廉價竹籬圍起來，有幾扇小窗的旅館就在眼前了。

「這裡是哪裡？是車站嗎？」

蜜似乎沒把我的話聽進去，不安地站在陰暗的斜坡上，白色的呼吸霧氣從嘴裡吐出。

「這裡是澀谷車站嗎？」

「不是，還要再帶妳去一個地方。」

「再不回去，歐巴桑會罵人了！」

「沒關係，還早嘛！」

「對了，剛才那地方是您付的錢，我出一半好了。要不然……」

「要不然怎麼樣？」

「您花了很多錢，明天不就麻煩了？」

她又把手伸入毛線衣的口袋，在黑暗中好像把錢包拿出來了；然後把一張髒了的百圓鈔票默默遞給我。

「省省吧！」

「沒關係！我還有，晚上再加班就行了。幫忙包藥包五天就有五百圓呀！」

不知為什麼，她的聲調卻讓我想起母親，對了！這是母親講話的口吻。念中學時，因戰時食糧缺乏，母親經常把自己的菜加在孩子的便當裡；每次我拒絕時，母親總想更讓我高興似地，說話的語氣就像現在的森田蜜。母親永遠不會意會到那樣做反而招惹小孩討厭。

因此我默默地接過森田蜜皺了的百圓鈔票，放進雨衣的口袋裡。為了減少內心的疼痛，自言自語著。（沒輸也沒贏……）

在鐵路轉換線上手持藍色煤油燈的站務員，穿過鐵道消失在黑暗中；在斜坡下的小吃店中，醉客的吆喝聲隨風飄送過來。

「要是老想著明天的事，還活得下去嗎？」

大和田町的旅館街又恢復了寧靜，這裡是提供道玄坂的醉客逮到女人後玩樂的地方；或許是時候尚早，不見半個人影。我把剛從蜜手中接過來的百圓鈔票在手掌中揉成團，一百圓兩小時，我打算把租房間的旅館費省下來。

「進去呀！」

在小門和玄關之間，象徵性地種了幾根細竹，擺了幾塊奇石。玻璃門微開著，裡頭擺著一雙雙的男皮鞋和高跟鞋。

「咦？」

蜜吃驚似地抬頭看我，後退了一、兩步。

「沒關係！」我抓住蜜的手臂，往自己身上拉過來。「我喜歡妳。」

「不！我怕，我怕呀！」

「我喜歡妳，好喜歡妳；因為喜歡妳剛才才跟妳去喝酒，好喜歡妳，所以才跟妳一起散步的呀！」

「不要，我怕。」

我想抱緊蜜的小身子，意外地她的力量卻大得出奇，反而把我推開了。她的頭髮拂在我的臉上，皮球似的身體在我的手腕中掙扎著。

不負責任的話連珠炮般跑出來了，其實這些話與其說是我自己的話，不如說是出自男人的黑色情慾中產生出來的話來得更恰當。有什麼關係呢？情侶一起過夜哪裡不好呢？喜歡妳所以才想要妳的身子，不可怕的，沒有什麼好害怕的。妳不相信我嗎？既然如此，為什麼今天又來赴約呢？妳那麼討厭我嗎？那麼討厭我抱妳嗎？總之，這是所有男人想要佔有毫無愛意的女人肉體時，所說的不負責的話。

「欸！怎麼？不喜歡我？」

「喜歡呀！我也喜歡您呀。」

「那就表現給我看看，拿出喜歡我的證明給我看；光是嘴巴講喜歡，對大學生的我們是行不通的。馬克思也說不給予一切的愛是自私的。」

當然，那是胡謅的，馬克思要是聽到的話，一定會哭出來！

「第一，拘泥於處女是反動性的舊思想哦！大學女生都積極、主動地把處女丟掉，就因為拘泥於這種無聊的舊習慣，所以日本的女性一直都沒進步。難道妳們在中學時沒念過嗎？」

「我沒念過那麼深的東西。」

「我想也是，因為中學沒教這麼高級的事；不過，在大學呀……告訴我們男女的權利是一樣的，因此，只要有愛情就可以把保守的貞操觀念拋棄！妳懂嗎？」

蜜茫茫然地搖搖頭；這個女孩對我的演講，似乎連一句都沒聽懂。

「總之……在這種地方，不要那樣大驚小怪，反正，高高興興地一起進去吧。剛開始可能會有點害怕，不過嘛……黑格爾也說人對於新的進步會感到害怕喲！」

呸！什麼馬克思、黑格爾，都是胡扯的！可是這些我們在擠得像沙丁魚般的教室裡，從上課有氣無力的教授那兒學到的學問，要是還有這麼一點用處，也不枉我辛苦打工付那麼昂貴的學費了，不是嗎？

總之，我這樣胡扯也沒什麼要緊，只要搬出馬克思、黑格爾的名字，一定可以唬住這在工廠工作的小女孩。

「走吧！」

我抓住蜜的手，可是蜜卻像小孩子似的反而拉著我的手說：

「回去吧！我們回去吧！」

「回去？」

我對這個女孩真的感到憤怒了。搞什麼？是不是只打算隨便跟我玩玩罷了？我說得口乾舌燥了，還蠢得像驢子。這個固執的女人！

「好，我懂了。那，我一個人回去了。」

在黑暗的斜坡上，我邁開大步走。一種白費心機的感覺，交雜著連這樣的一個小女孩都弄不到手的窩囊氣，我真的對森田蜜生氣了；不只是對蜜，更是對自己，還有對不管用的馬克思、黑格爾，都感到生氣。

這時，從右肩到背部之間，突然感到一陣如針扎般的疼痛；曾患過小兒麻痺症的我，似乎也患了輕微的肋間神經痛。像今天這麼疲倦時，手臂用力之後，從肩到背部就感到陣陣疼痛。

唉呀！我呻吟著，忍住疼痛在斜坡上繼續往前走。我知道蜜從後面追來，但我沒回頭看，仍然繼續往前走。

她「赫赫」地喘著氣，追上我和我並肩走的時候，鞋子發出「啪嗒、啪嗒」像鵝走路時的聲音。

「您——生氣了？」

「當然！」

「不和我交往了？」蜜哀傷似地說。「已經不……」

「我沒辦法呀？剛剛不是證明了妳根本不喜歡我。」

「證明？」

「是證明，連這樣的話都不懂。妳既然討厭我，以後就沒必要再交往了。」

「我喜歡您。可是我不喜歡去那種地方。」

「哼！既然這樣就 Goodbye！」

已走到斜坡路的盡頭，從那兒可以看到通往道玄坂和車站旁一大片小吃攤的燈火，在中華麵攤上，兩個喝得臉紅紅的男子捧著碗，不停地動著筷子。

「不再跟我見面了？」

「不再見面了。」

說著時，背部到肩膀之間又感到一陣刺痛；這次比上次痛得更厲害，我不由得叫出聲來，用左手壓在右肩上。

「您怎麼了？」

蜜嚇了一跳，直盯著我的臉看。

「好痛呀！這是以前患過小兒麻痺症的關係；我的右肩有點下垂，腳也有點跛，所以女孩都不理我。像殘廢似的身體，到現在從沒有女孩喜歡過我……哼！連妳也不理我！」

「您是跛腳？」

那時，小吃攤的煤油燈光，使黑暗中蜜的臉看得更清楚，她以悲傷的眼神注視著我。看來她是真的相信我誇張的話。

「是呀！是跛腳，不討女孩喜歡的跛腳呀！」

「好可憐……」突然，她像大姊姊似地用兩隻手掌包住我的手。

「好可憐呀！」

「夠了！我不需要妳同情。」

「您去過幾次那種地方？」

「我怎麼可能去過呢？不受女人歡迎的跛腳……今天，我還以為妳喜歡我……我是第一次……唉呀！」

我毫不在乎地學起廉價電影裡流氓的台詞；沒有別的想法，只想把心情說得更糟罷了！

可是，我卻發現到這種謊言反而能抓住蜜的心。

「原來是這樣子……既然如此……既然如此就帶我到……到剛才那地方好了。」

3

我的手記（三）

「原來是這樣子，既然如此……就帶我去。」

在斜坡路上，遠遠地聽到地下鐵進入鐵路轉換線時，發出的鈍重聲音。在路旁的小吃攤中，捧著大碗中華麵的男子，回過頭來看我們。

我仍然記得那時蜜的表情：喘著氣，斷斷續續地說，悲傷地看著我的臉——那種小孩在等打針前所露出的恐懼表情。

很奇怪的是，我的慾望已經消失了；代之而起的是，這個女孩誠懇的態度，讓我產生了一點也不像我的、宛如憐憫與後悔的情結。我是最下流的人，要是今天我為了自己的慾望，利用了這個女孩的善良，那麼我就是最最下流的人了。

「嗯？現在才說這種話。」我仍然虛張著聲勢，「事到如今，還去得成嗎？」

「您還在生氣啊？對不起！」

「我沒生氣，是嫌妳囉嗦。已經不想去了。」

朝著澀谷車站方向的小吃攤之間，我邁開大步走在狹窄的空地上；醉客碰到像小狗似地跟在我後面的蜜的身子時，大吼著：「混蛋！妳給我小心點！」

「唉呀！我好難過。」

「怎麼了？」

「都是您呀！像阿兵哥噼哩啪啦地走那麼快！」

走到車站前的大馬路時，激動的心已逐漸平靜下來。回頭看蜜，那大蒜鼻上滿是汗珠，氣息粗重，臉色青白。

「妳是不是心臟不好？」

「我，出了汗。不用擔心。」

「哼！」

「對不起，沒有讓您得到安慰……真的對不起。」

夜晚的寒風，吹過道玄坂上已打烊的商店街。斜坡上，三五個在夜間飲食店上班的女孩，手按著和服的下襬，快步地朝車站的方向走去：紙屑在她們的身後飄落，她們為什麼非這麼匆忙趕向車站不可呢？那時的我要是有心想這問題的話，就能夠了解站在我面前，表情沮喪的蜜了。可惜當時我卻無法了解到，即使是在澀谷上班的女人，也同樣有她的男人和小孩，也有愛；因此才會邊用手按著下襬，在寒風吹拂著的夜晚中快步趕回去。而蜜呢……？

「我，要怎麼辦，才好呢？」

已經快十一點的車站前，還有兩家攤子點著微弱的煤油燈，旁邊有一位穿著藍色制服的救世軍老人，兩手捧著捐獻箱，無精打采地站著。

「省省吧！又不是賣東西的。要人家捐獻，結果還不是把別人捐獻的錢給吞掉了。」

說時遲，那時快，蜜已從錢包裡掏出十圓鈔票塞進箱子裡了；臉上沒有特別表情的老人，從制服的口袋裡拿出像大拇指般大小的東西給了蜜。

「唉呀！給了我這種東西。」

不知是否為了討好我，蜜買了那東西後回過頭來看我，手上拿著的是用錫熔化後製成的十字架。那又薄又小的十字架，根本用不著十圓，真是冤大頭啊！

「再給我三個好嗎？」

蜜又把三張鈔票放入箱子裡，老人像木偶般的表情，機械似地又從口袋裡拿出同樣的東西。

「為什麼買這些無聊的東西？這是阿門時候拿的呀！」

「可是，我……把一向帶在身上的大師的護身符給弄丟了。……給您一個。」

「我不要！」

「欸，帶著吧！帶著一定會有好處的呀！」

蜜把金屬片像什麼牛奶糖贈品似的，塞到我的手中，然後嘴巴張得大大的傻笑著。

「回去吧！」

「您真的不生氣了？還跟我見面嗎？假日我可以到您的宿舍玩嗎？」

我露出生氣的表情，讓她知道那是絕對不行的。要是隨便讓這種女孩找到宿舍來，不知會被長島和其他學生把我笑成什麼樣子？我對蜜說會跟她聯絡的，然後把成了某種重擔似的她，趕回車站的方向去。

蜜像小孩般頻頻回頭看我，等到她爬上帝都線的階梯後，突然間我感到好累。用手揉揉因小兒麻痺症而麻痺了的手臂，然後把手伸入口袋，準備掏香菸之際，手指碰到了小小的硬東西——那是蜜剛剛塞給我的，無聊的東西；舌頭發出「嘖」的厭煩聲，把它丟到路旁的水溝裡。淺黑色的十字金屬塊，掉到被稻草屑和空菸盒塞住了的臭水溝裡。

我拖著疲憊的身子，回到御茶水的宿舍。長島戴著口罩，躺在棉被上。

「怎麼了？」

「什麼怎麼了？」

我脫掉上衣和褲子後，鑽入滿是體臭的萬年床裡。長島似乎還想問些什麼？我閉上眼睛，把臉埋進從未曬過太陽、潮濕而冰冷的棉被裡。

這就是我第一次的約會，根本不值得一提，無聊的約會！而我真正侵犯了蜜的身體的是下一個星期日……

第三天下午，我又到斯旺興業社找金先生要工作；因為我覺得上次的打工中，他已經相信我而且對我有了好感。

午後微弱的陽光，從裝置不良的玻璃門投射進來；那個第三國人，仍然把腳擱在積滿灰塵的桌上，還是用手指挖著鼻孔。

「哈哈，是你啊！哈哈！」金先生笑得有點狡猾地問我。「你今天還是沒精神呀！是不是又碰釘子了？」

我想起蜜的事，苦笑著說：

「欸——我需要工作。什麼女孩子，那真是太無聊了！」

「工作，工作，工作啊……」金先生拿出口香糖，剝掉銀紙後很靈巧地放入嘴裡。

「也不是沒有……」

「我什麼都幹。別看我這樣子，我還會開車呢！」

「不過，這工作有點不一樣，但錢給得卡多喲！」

故意把ENOKEN寫成ENOKESO，沒有絲毫愧意，還讓假冒者在櫻花鎮演出的金先生；反正我早就知道他這兒不會有什麼正當的工作，所以一聽到他說這工作有點不一樣時，早就有心理準備了；甚至還聯想到最近報上常刊載的，第三國人從香港偷運禁品的新聞。

「你願不願意幹 motesaseya？」

「Motesaseya？是搬東西嗎？犯法走私工作，或者是挑重東西的工作……我不行。」

「你這個傻蛋！」

金先生笑了，用力「呼」地吹了一下滿是白色灰塵的桌面，然後拿起話筒撥了號碼，嘴裡開始說著我聽不懂的、他國家的母語。

「嗯，沒問題。」

掛掉電話後，他把口香糖和口水「呸」地一直線吐掉。

「怎麼樣？大學生，去嗎？」

午後的秋陽把九段①的斜坡路，照射得像灑過水似地閃閃發光；護城河旁的銀杏葉子，像黃金般撒落在人行道上。穿著裙子、拿著書包的中學女生，從斜坡上喧嚷著走下坡來。留著鍋蓋頭、穿著鮮豔卡其褲子的金先生，突然壓低聲音注視著我。

「要是不喜歡 Motesaseya 的話，還有別的工作。」

「什麼工作呢？」

「不過……這工作是需要體力的。」金先生突然感到為難，從頭到腳打量了我一番說：

「不行，這工作你還是不適合。」

「是需要體力的工作？」

「嗯！對方是美國的女人。美國女人裡頭有些好色的。」

對金先生突然壓低嗓門所說的話，我實在寫不出來；總之，不是 Motesaseya 的另一項工作是——以住在神田區旅館，那些駐日美軍的白人護士或白人婦女為服務對象；而做法就跟……前天我要求蜜的事一樣。

「那些女人當中有好色的，好色的……」

嘴裡直嚷著「好色的」的金先生，用像牛的眼光，打量著我那吃明太魚和雜燴的瘦弱身體後，露出稍微悲傷的臉色。

---

① 譯註：地名，位於東京都千代田區。

「不行！你還是去幹 Motesaseya 的好！」

要怪金先生的無情，不如怪自己的身體。不過，不管再怎麼落魄，對要打工的學生，竟然會有想派給那種工作的念頭，金先生也實在太過分了。

（話說回來，或許在他眼中，我看來就是幹那種事的人也說不定。）

Motesaseya，照金先生的說法，也稱不上是什麼高尚的工作。在這種社會還有許多懦弱得不敢追女人卻好色的男人（直接套用金先生的話），而 Motesaseya 的工作就是：在酒店裡幫那些懦弱但是好色的男人，讓女人喜歡他……然後再從他那兒拿酬勞。現在的我們很難相信會有這種荒唐事，可是在戰後的東京，卻流行著幾種想像不到的買賣。上野公園入夜之後，有穿著女性衣服、打扮怪異的男人，流連著尋找客人，像這種叫「Kakiya」的男人……實在也很難描繪出來；我想請讀者向那般年紀的人打聽一下，或者就只憑想像猜測吧！反正就是一些現在的我們聽了都想笑出來的下流買賣。當我跟著金先生在午後，從九段的護城河旁登上舊練兵場時，我才知道這可不是憑空捏造的。

這在戰爭爆發之前，一直是近衛師部隊的宿舍，現在卻荒廢著，水溝沒疏通以致黑色的水面上飄浮著垃圾和木片；練兵場上一陣風捲起黑土，好像小龍捲風。當東京還有像這麼荒廢的、滿目瘡痍的地方的時候，什麼 Kakiya 啦、Motesaseya 啦等等千奇百怪的買賣，就應運而生了。而且，人心也是每天惶惶不可終日。

「去哪裡呢？」

「去那邊，就是那個男人那裡。」

金先生指著殘留在練兵場四周，看來像馬廄的木造軍營點點頭；順著他手指指著的方向望過去，前方有一位穿著黑色大衣的男人，憮然地站在一輛日製的小汽車旁。

「這是兼差的大學生。嗯！上次找他幹過，挺靠得住的。」

金先生討好似地拍拍男人的肩膀。

臉頰上留有傷痕，身穿夾克的男人，用銳利的眼光注視著我。

「你會開車子嗎？」

「會！」

「太好了！」

幸好我在町田的美軍營區裡學會了開卡車。

「那麼，這部車會開嗎？」

「我想可以。」

「好！這樣的話，就決定雇這個學生……」

穿夾克的男人對我說明工作內容：

這部車子到晚上為止，一直停在這兒。車裡有一套西裝，你換上西裝，十點準時開到新宿東都座的脫衣舞劇場前。在那裡會有一個五十多歲、留著鬍子的中年男人等著，他就是你的客戶龜田先生；龜田先生是某公司的萬年課長，現在正迷戀著東都座的一個舞孃。你要在那位舞孃面前演戲，把他當成大公司董事般侍候著。

「那麼我要扮演什麼職位？」

「你就當他的司機，把客人當董事般地侍候，懂了嗎？Motesaseya，好好幹呀！」

「是！」

「工作完畢後，明天早上把車子和西裝送過來還。這次工資是三百圓，以後再加薪。」

跟金先生和穿夾克的男人分手後，走下九段的護城河時，我吐了口痰在黑色的水溝裡（要錢，也要女人）。想到長島和我經常瞪著天花板說的話，其實並非只是我們窮學生才這樣想的呀！說不定等我五十歲過後，也一樣會雇 Motesaseya 來追年輕的舞孃也說不定。唉！既然答應幹了，歎氣、發牢騷都是枉然的。

快到十點的時候，我依照指示，從練兵場把舊車子開到伊勢丹後面停著，走路到東都座；這裡是戰後最早推出脫衣舞秀的劇場。

到了約定的地點，已看到留著鬍子、五十多歲的龜田先生，在那兒原地踏步等著。他假裝看著報紙，卻又偷偷觀察四周的動靜，那樣子看來真可憐！

「您是龜田先生嗎？」

「啊，」留著鬍子的龜田先生，用手揉揉鼻子，「你是 Motesaseya 吧？」

「是的。」

「一切——」他不好意思地小聲說。「就拜託你了。」

之後，他從口袋裡掏出手帕來擤鼻涕，看著這個規規短矩而又膽小的「萬年課長」；連當學生的我也想像得到——他一定是全勤，每天從郊區的家趕到公司上班。到了星期日，就躺在床上聽收音機裡的歌唱比賽節目，罵罵小孩，晚上喝瓶二級清酒的男人。有一天，這個規矩而又膽小的男人，卻被同事們惡作劇地帶去看脫衣舞，結果竟然迷上了舞小姐；我猜一定是這樣，錯不了的。

雖說她只是個脫衣舞孃，可也不把已有老婆、孩子的五十多歲男人看在眼裡。而龜田先生一定正幻想著自己是社長或董事，每天到公司上班時，或許會以嫉妒的眼光，注視著和自己年齡相似、但卻有高學歷的上司的背影吧！

我對突然興起說不定自己將來也會和他同樣命運的念頭而感到不安，總覺得這樣活下去是很寂寞的，讓人受不了。

「去叫她出來嗎？」

「啊……那就麻煩你了。」

「舞小姐叫什麼名字？」

「啊……叫葛莉普稻田。」

東都座的階梯上空無一人，可是卻有喇叭聲自階梯的上面傳出。在貼著「閒人勿入」的門前，有個穿黃色毛線衣的青年正看著樂譜。

「我想找葛莉普小姐。」

「有什麼事呢？不能亂闖呀！」

等到我遞給他五根「幸運安打」之後，這個像玉筋魚的青年，馬上露出狡猾的笑容。

「葛莉普小姐，外找！」

門內有幾具白色的裸體晃動著；有站在桌旁吃中華麵的；也有穿著紅色毛毛的長袍、嘴裡啣著菸的；她們當中的一個邊走邊搔屁股，一搖一擺地走向門的這邊過來。

「有什麼事？」

「我們的常董……」

「你們的常董？」

「是的，我們的龜田常董在下邊等您，想請您吃宵夜。」

「欸！」女郎停止搔屁股的動作，把裝著假睫毛、塗了眼影膏的眼睛睜得大大的。

「那個老先生，是常董？」

從她那蠢得像豬的臉上，我突然想起森田蜜的笑容；無疑地，眼前的這個舞孃，一定是在和蜜同樣的環境中出生、長大的。

「等等，你說他在下邊等著？咦？那個老先生會是常董？」

「他是我的上司。」

我閉上一隻眼睛笑了，走下階梯。龜田先生好像有點冷似的，斜靠在劇場的牆壁上踩著步子。

「怎麼樣？成功了嗎？」

「提起精神來，您現在是常董呀！」

我把車子從伊勢丹後面開出來，當留著鬍子的龜田先生還提心吊膽地坐在車中等候時，那個白屁股的舞孃，披著鬆垮垮的綠色大衣出現了。說是大衣，其實真像撞球場裡用來蓋撞球台的布塊。

舞孃嘴裡嚼著口香糖，一邊還哼著不知名的歌。

「肚子餓了吧！」

「常董，去哪兒？」

我轉動方向盤，問著。

「嗯——」

龜田先生只發出像便祕時在廁所用力擠的悲痛聲。這樣一來，在任務上一切都得靠我安排了。

「新橋或築地的酒館，容易被人發現；而且常董您又是私下行動，那種地方可能沒意思吧！」

「嗯——」

「不如到新宿去，您可以和這位小姐好好地談談，怎麼樣？」

然後，我轉向發愣的舞孃說，

「升到常董的位子後，平常都是在酒館見客的，很少到像新宿那種地方去。」

「我不知道他是常董呀！」

「就是嘛！常董常告訴我們，生活要節儉、樸實，而且他自己也是躬親力行的喲。」

「你是龜田先生的司機？」

「是的！我還擔任祕書的工作。」

很奇怪的是，手裡轉動著方向盤，嘴裡信口開河地演著戲；說著說著連自己竟也覺得像是真的一樣。可是當我從後視鏡瞄了一眼龜田先生時，卻發現他把頭深深埋入被手指弄髒的衣領中，看臉色似乎坐得很不舒服的樣子。為了鼓起他的勇氣，看來非借助酒精的力量不可了。

我把車停在武藏野館的前面；從這裡到車站之間，火柴盒般的小吃店，一家緊挨著一家林立著。路上飄散著油煙味和烤雞肉串的味道，另外還交雜有文蛤、海螺的香味；女人們在攤子上大聲吆喝地招攬著客人。

「常董，這裡是較大眾化的地方，您就和小姐一起散散步，怎麼樣？」

下車後我偷偷拍了一下龜田先生的肩膀，他的步履竟有些不穩。我內心喊著：振作點！否則就白活了，你不是迷戀年輕的女孩嗎？他有點不安地問：

「這裡要花很多錢……差不多要多少呢？」

「別擔心，一百五十圓就可以吃喝個痛快了。」

在等他們的這段時間裡，我也走入攤子裡，享受起鐵板燒的鯨魚排。

當我在車裡等得連打呵欠的時候，看到那脫衣舞孃的大衣晃動著，她跑過來了。

「糟糕了，你那位常董醉倒了。」

「麻煩了。」

（真傷腦筋！）不過，既然身為 Motesaseya，總得把事情做得圓滿，而現在不正是最好的機會嗎？

「喂！小姐，我有些話想跟妳說。我們的常董很喜歡妳……今天晚上能不能想辦法安慰他一下？」

「安慰他一下……你在說什麼？」

「怎麼說才好呢？難道妳真的不懂嗎？」

突然間，裝著假睫毛、塗著眼影膏的這個脫衣舞孃，發出了僵硬的笑聲。

「你才真的什麼都不懂。」

「怎麼說呢？」

「你真驢！金先生什麼都沒對你說嗎？」

原來這個舞孃和金先生以及穿夾克的男人都是同一夥的。利用 Motesaseya 來讓毫不知情的客人，以為自己真的很受歡迎；而迷戀的結果，卻要付給女孩和 Motesaseya 的費用。這種安排對女孩來說既省事，錢也容易賺，更可白吃一頓；而對金先生和穿夾克的男人來說，也有手續費可拿，比起純粹幫女孩叫客的皮條客來說，也有雙重的好處呀！

「原來是這麼一回事！」連我都苦笑了。「原來是這樣的安排啊！」

和ENOKESO那件事一樣，金先生幹的一切事情，一定有他的陰謀存在。那個第三國人所安排的一切，無絲毫的漏洞，內幕中還有著內幕。

龜田滿面春風地回到車內，臉上的鬍子被酒和口水給弄濕了，用牙籤邊剔牙邊說：

「小姐，我真的迷上妳了，真的迷上妳了。」

舞孃斜眼看了我一下，現出狡猾的笑容。

「還是找個有榻榻米的地方，讓這位常董解解酒的好。」

是的，這樣的話事情就比較快解決了。

「好！就這麼辦吧！」

「喂！」龜田先生趾高氣昂，和剛才簡直判若兩人。「司機，還不趕快開，不快去，就把你炒魷魚！」

我邊踩油門，腦海裡又一次浮現剛剛心中所描繪的龜田先生的生活：在公司上了一星期的班後，回到那郊區的小房子裡，屋簷下曬著小孩的內褲和襯衫。星期天穿著過膝的襯褲，蹲在庭院製作老婆吩咐的垃圾畚箕；然後呢？躺在床上聽舊收音機裡的「拿手好歌」的節目，再然後……第二天起，又得到公司過著單調的上班生活。

千駄谷區的旅館街又恢復了寧靜。在我們老爺車前頭燈的照射下，看到老鼠在灰色的牆角和垃圾堆後面竄跑，車上的舞孃慵懶地把臉靠在窗上哼唱著歌。

那天我拋棄了的女人
我不知道她
現在在哪裡呢
現在在做什麼呢
可是有時候，我胸中隱隱作痛
那天我拋棄了的女人

「這是什麼歌？」
「您不知道啊！是迪克．米內唱的呀。」
「欸？」
這是後座上龜田先生和舞孃交談的話，十分鐘後，兩人穿過旅館幽暗而寂寞的門燈……

穿過旅館幽暗而寂寞的門燈下，我和蜜輕輕地拉開玻璃門。在玄關的水泥台上，擺有鞋油已全掉光的黑色男皮鞋，和鞋根已磨損的高跟鞋。

不一會兒，板著臉孔的女服務生在走廊下出現了；她問：是休息？還是過夜呢？

兩人跟在女服務生後面，彼此都故意避開對方的眼光；登上散發著廁所味道的二樓階梯時，聽到二樓裡面有使用廁所的聲音。

女服務生離開之後，我和蜜面對著冰冷的茶和小盤子而坐。蜜兩手放在膝上，身體僵硬地低著頭；我為了掩飾窘態和難為情，故意打了個呵欠，然後注視著盤中「銅鑼燒」的包裝紙上的文字：

（兩人共嚐的銅鑼燒滋味，其味如何？……）

牆壁上留有蚊子被打死後的黑色血跡和指痕；窗外用小木板塊圍著，以免春光外洩；房間的角落上，擺著一床薄棉被和留有白色指痕的熱水瓶。

窗外下著毛毛雨。從木板塊的縫隙往外看，看到一週前我和蜜邊走邊吵的斜坡路上，有一個女人撐著傘有氣無力地走上來；地下鐵的鐵路專用線，被雨淋濕了；一輛車子在穿著雨衣的男人指揮下，開進了車庫裡。

「我們躺下來吧？」

我佯裝很有精神似地，可是嘴裡發出的卻是有點激動且沙啞的聲音。

「喂，靠過來一點嘛！」

蜜面向著牆壁，身體仍然僵硬地坐著。

「快過來呀！我好寂寞喲！」

我真的那麼寂寞嗎？不！其實不是的；不過，我知道蜜在什麼時候會軟化下來——在澀谷的小酒吧中，那個看手相的老頭子說對了一件事：妳的心腸善良得近乎愚蠢！

這個女孩與其說是善良，其實是只要看到別人悲慘、難過的樣子，同情心就會油然而生；而且還不只是同情而已，居然連自己都給忘了，一心一意地只想安慰看來悲慘的對方。這種俗不可耐的多愁善感，恐怕是在假日看那些賺人眼淚的電影，或者像《明星》之類的娛樂性雜誌所培養出來的吧！

蜜對我也是這樣子。那一天態度那麼堅硬地拒絕進入旅館，可是當我稍微誇大其辭地說曾患過小兒痲痺症之後；她的態度就像春天積雪融化般，馬上軟化下來。被廉價的憐憫和同情所驅使，她用兩隻手掌包住我的手，小聲地說些安慰的話。因此，當第二次約會的時候，我就利用了蜜的弱點，沒受到什麼抵抗，很順利地到這裡來了。

「我好寂寞呀！安慰安慰我吧！」

我把臉埋在枕頭裡，發出對方聽不到的笑聲。內心裡說：你看！一切不是很順嗎！不過，你真是個壞傢伙！壞傢伙！真的是個壞人！不過，利用人的又不是只有我一個人而已，就拿金先生，還有那個穿著夾克的男人不也都是這樣嗎？不！連蓄著鬍子的龜田先生，不也幹著同樣的事？現在大家都這麼幹，不幹的傢伙才冤呢！

我拉著蜜的手臂，順勢把她推倒在床上，打算掀起她柿子色的廉價毛線衣時，她用兩手遮掩著自己的臉。我發現她靠近手腕的部位，有個銅板大小、略微腫起的赤黑色斑點，那斑點在白色的手腕上，讓人感到極不舒服的礙眼。

「這是什麼？」

「沒什麼，大約是半年前長出來的。」

「去看過醫生嗎？」

「唔！不痛也不癢，沒關係！」

她上身穿著因洗過多次而褪了色的襯衫——那是連男人也穿的絨襯衫。襯衫裡面像鄉下女孩的、形狀不美的乳房上，有著小孩般的小乳頭，乳頭上面還長著兩根毛。

「不要看，人家不好意思嘛！」

「不好意思嗎？怎麼還戴著這種東西？」

這是上一次蜜買的「護身符」，鏈子似已掉了，是用像鞋帶的繩子繫住的十字架。

「呸！拿掉呀！」

我粗魯地拉斷那繩子，把十字架丟到榻榻米上。

開始行男女之禮時，蜜皺著眉頭，直喊痛。

「好痛，好痛……」

「很快就不痛了。傻瓜！身體硬梆梆的才會這樣，放鬆吧！」

突然，還沒盡興，一切就結束了，真的是還沒盡興就結束了；而一直都不在意的被太陽曬成茶褐色的榻榻米，還有牆壁上那打死蚊子留下的血跡、手痕，以及棉被和熱水瓶等等，所有的東西突然間看來都髒得令人作嘔！就連還仰臥在床鋪上，像死人般的蜜，也都讓我感到不舒服。被汗水沾濕了的她的額頭上，附著兩三根頭髮，好醜的大蒜鼻子，還有柿子色的毛線衣，以及靠近手腕部位、呈赤黑色的斑點，像男人穿的絨襯衫……所有的東西看來也都很髒；而我竟然和這種女孩睡過，我的嘴唇還吻過她的胸部……。

香菸的味道又臭又辣，毛毛雨已沾濕了窗外的木板塊。天空滿布著灰色的雲，雲下的澀谷街道，泛黃的悲傷正擴展著。今天金先生可能還在事務所裡，仍然把腳擱在桌子上吧！而龜田先生是否也撐著傘，在往公司的泥土路上走著呢？討厭！我討厭過著這樣的人生。

「喂！」

「欸？」

「這種事，您是第一次？」

「真囉嗦！」

「您不寂寞了？」

我坐在榻榻米上，穿著濕了的上衣和襪子。現在連和蜜說話都感到厭煩，可能的話真想一個人單獨走出旅館，去呼吸雨和新鮮的空氣。

（再也不要和這種女孩睡覺了，一次已經夠了。）

三十分鐘後，我和蜜在澀谷車站分手。一路上我一直沒出聲，而蜜不知是否為了討好我，像小狗似地跟在後頭，從代代木一路跟到了澀谷車站的月台。我實在沒有憎恨她的理由，只是當慾望消失後，和這種醜女孩走在一起，甚至連一秒鐘都感到厭煩、都覺得無法忍受。

當站務員用擴音器廣播，請旅客們退到白線之後時，擠得滿滿的電車緩緩開動了，而我還站在門旁。

我沒說再見，也沒回頭看蜜一眼：很快地從人群的背後，往車廂裡頭鑽。

「喂！喂！」

聽到背後蜜的叫聲。

「下一次……什麼時候……再見……」

她還沒把話說完時，門已關上了。誰要和妳再見第二次面，我們已經是陌生人了！就和在電車裡不小心碰到肩、踩到腳的人一樣，是根本就不認識的陌生人了。

當電車緩緩地滑離月台時，我感到些許殘酷的快感，把頭轉向車外一看，很意外地——蜜嘴巴張得大大的，仍在月台上小跑步地追趕著電車，微微抬起的手揮動著；或許是怕看不到我而追趕吧？

很快地，她梳成三條辮子的頭髮纏繞在臉上，那大蒜鼻子突然變小了；蜜以似乎是絕望了的眼光，目送我的臉及身子，越來越遠了……

電車咔嗒、咔嗒地搖晃著，聽到這聲音，我突然想起上一次，舞孃把臉靠在車子的玻璃窗上唱的歌。

那天我拋棄了的女人
我不知道她
現在在哪裡呢
現在在做什麼呢

4

手腕上的痣（一）

包裝室的時鐘，噹！噹地打了七下。

「啊……啊……」

阿好——橫山好子，用手掌捂住嘴巴，大大地伸了個懶腰。

「好累啊，休息吧！」

說是包裝室，其實不過是四坪大小，用木板隔開來的、冷冰冰的房間罷了。阿好把藥膏的罐子「砰」地一聲丟進箱裡，提起放在火爐上的水壺。

「妳還要做啊！」

「嗯！」

森田蜜邊接過朋友倒給她的開水，邊點點頭。

「好貪心呀……最近怎麼搞的，老是加夜班？」

「妳不用管我！」

「可是太晚回去，澡堂的水都髒了呀……還有今天早上，田口又再發牢騷了……」

「說些什麼……」

「欸?!妳沒聽到呀？昨天晚上，妳是不是沒上鎖就跑回去了？」

把已經被藥的油質弄髒了的拉門表層靠到牆壁上後，阿好用手揉著右肩。

「所以呀……要適可而止！我回去嘍！」

「請吧！」

「好，那就再見了。」

「再見！」

阿好回去後，在黑暗中的工廠和走廊更加寂靜了。蜜繼續工作著，偶爾聽到穿過黑暗而來的風聲；風把外頭的電線吹得咻咻作響，也吹得工廠對面的雜樹林搖晃不止。雖說這兒也屬於東京都內，但是經堂這一帶，仍然看得到枹樹和檻樹的雜樹林。

這裡是出新宿、往小田急的快車在下北澤的下一站，可是從新宿到這兒也得二十分鐘。昭和二十年春天的空襲，同在世田谷區的代田、梅丘、豪德寺等，都遭受到戰火的洗禮，火勢也燒到附近來，幸好在上町一帶火舌被擋住了；因此，在戰爭已結束的今天，小市民的住宅之間，還殘留著茅草屋頂的農家，以及武藏野的雜樹林。

走出車站，是一小段的商店街。春天，菜販把從附近挖到的竹筍拿到這兒來賣，是老早就有的了：理髮店的老闆，是戰時後備軍人在經堂的分會會長；而松原電氣行則是當地的地主，利用閒暇時經營。在這條商店街的盡頭，是一片還沒蓋上房子的黑色空地和廣闊的蔥田；蜜工作的製藥及製肥皂的工廠，就設立在那片黑色空地的正中央。

說是工廠，其實也只是兩層的木造四角形建築物罷了，戰爭結束後，若林夫婦雇了幾個人，在這兒用手工製造肥皂。雖然用魚油原料製造出來的肥皂味道很腥，而且不容易起泡沫；可是在戰後物資缺乏的時代，儘管品質實在不好，業務仍蒸蒸日上呢！但是夫婦倆真正的重點，是擺在祖傳藥物的經營上；那是當地早就聞名的，名叫「朱丹」的皮膚病藥膏，他們的工廠製造肥皂，同時也製造這種藥膏。

工廠的員工是四個男作業員加上阿好和蜜，她們除了辦事務、跑跑腿之外，還幫忙包裝藥物。

用汽油把裝藥膏的罐子擦拭乾淨後，裝入箱中，上夜班時有時也做肥皂的包裝。

到今晚為止，蜜已上了五次夜班。以往除非是工廠要求，否則五點一下班，吃過工廠供應的米飯和煮魚之後，蜜總是很快就回到附近的住宿處；到澡堂洗完澡，在回住宿處途中常和阿好繞到經堂的商店街閒逛，或者是到租書店裡翻翻娛樂性雜誌，可是自從那一天開始，蜜整個習慣都改變了。

（要累積到一千圓，還需要加五次夜班！）

加一次夜班是一百圓，到今晚為止已經加了五次班，因此二十日領薪水時，就可以多拿五百圓。

一想到那一千圓，蜜的嘴角不由得現出笑意。一個禮拜之前，和那個大學生（蜜對阿好都這麼稱呼吉岡）約會後，她在經堂商店街中一家名叫「佐繪草」的舶來品店裡，無意中看到了一件黃色羊毛衫。那和車站前與短大衣、夾克吊在一起的、顏色不好看的毛線衣，是不能相提並論的；而是跟高峰秀子、杉葉子那種大牌女明星身上所穿的羊毛衫一樣——軟綿綿的，好像手輕輕一碰就會融化似的，而且似乎輕如羽毛！以往縱使看到那件羊毛衫，蜜也只會認為是買不起的奢侈品，可是現在她卻希望能擁有那麼一件羊毛衫。另外，也得買雙男襪，因為大學生還把破襪子翻過來穿呢！記得那天在旅館脫襪子時，他不好意思地抓著腳說：「我們啊！要是腳踵處破了，就翻過來再穿，破的地方剛好被鞋子遮住，就看不出來了。」

蜜用包裝紙邊包著肥皂邊想著：要是下次約會時，送給他三雙襪子，不知會高興成什麼樣子？想到這裡不由得笑出聲來。

（下一次到他的宿舍幫他洗衣服，同時帶些線和針……去幫他補襪子。）

她心裡描繪著自己在向陽的水槽，洗著大學生的襯衫和內衣褲的樣子。還記得大約是三個月前看過的電影裡，有一個女孩替學生情人洗了一大堆髒衣物；女孩為了要讓學生情人專心讀書，就幫他洗衣服，而蜜自從在旅館裡發生那件事之後，也一直很想幫吉岡洗衣服。心想：我也辦得到呀！我要模仿電影裡的情侶，做同樣的事。

「怎麼搞的？」

突然，有人急劇地拍打作業室的窗戶，那是名叫田口的中年作業員。他兼工廠的守衛，全家人都住在工廠裡，常給阿好和蜜不好的臉色看。

「喂！八點以後不准留在工廠，妳破壞規定，這不是找人麻煩嗎？」

「可是……」

「可是什麼？昨天晚上門也沒上鎖就回去了；東西要是弄掉一個看看，麻煩的可是我啊！」

田口的牢騷一向是又臭又長的，一件事就好像嘴裡嚼著口香糖似的，一直「磨」個不停。蜜聽著窗外的風聲，心裡嘀咕著：「哼！最討厭的田口！」

回到住宿處，阿好想得真周到，還把廚房的鑰匙取下放著。兩人向教洞簫的進藤老師租了半樓，這四帖半的半樓以前是房東放東西的地方；因此即使是晴天，太陽也曬不進來。

阿好躺在床上，嘴裡邊嚼著炒豌豆，邊看電影雜誌；她是石濱朗的影迷，壁上貼著幾張他的照片，還記得阿好曾經邊寫邊咬著鉛筆，給石濱朗寫過信。蜜還記得大概的內容是：

「石濱朗先生，您好！我工作得很好請放心！您的電影我從未錯過，我是在經堂的工廠上班，我……」

這是事實，她不但每一部片子都看了，還特地跑到下北澤去看第二遍、第三遍呢！阿好把信投入工廠對面的郵筒後，每天等著石濱朗的回信，可是那個明星卻從未來信過。

「工廠的門……」阿好從雜誌中抬起頭來，「鎖好了？」

「嗯！可挨了田口的罵！」

「討厭的傢伙！好色的傢伙！」

兩人打從心底討厭田口，是因為他常常對她們惡作劇；不只惡作劇，甚至還和其他的男工人，以取笑她們的身材為樂，發出陣陣下流的笑聲。

另外還有一個討厭的原因，是因為以前發生過這樣的事：曾有一個名叫三浦真理子的年輕事務員，在工廠上過約兩個月的班。有一天真理子在工廠的廁所小解時，突然有光線從掏糞口處照射進來，接著是盆狀的銀色物遞進來——那是水桶；原來是有人頭上頂著水桶，從掏糞口朝上偷看，真理子大叫著，從廁所裡衝出來時，變態男人早就逃走了。至於那個變態男人是誰呢？憑女人的第六感，真理子、阿好、蜜等心裡都有數。

要是在以前，蜜和阿好湊在一起時，或許馬上會跟著說些田口的壞話；但是現在，雖然聽到阿好邊嚼著炒豌豆，邊罵著那個討厭的男人，蜜卻沒有接腔的念頭，此刻她心裡惦記著另外的事情：雨從舊棉紗般的陰暗天空中下著，從旅館的窗戶可以看到被雨淋濕的斜坡和澀谷的街道；有個胖胖的女人很疲倦地登上斜坡……那時蜜感到好可怕，又痛得很厲害；要不是因為怕不答應會讓吉岡討厭，她根本不想做「那種事」。然而吉岡一再說：如果不和他做那種事，就表示不喜歡他，吉岡這麼說，更讓蜜感到不知怎麼辦才好？最後她心裡想：要是因為做了那種事，吉岡就不再傷心的話，也就值得了。不知為什麼，蜜從小時候起，只要看到別人不幸就會很難過，更何況現在這不幸是因自己而引起的，她更是無法忍受。而那時候也是這樣的！斜坡路上、雨中的旅館……那真的好痛！好難捱的幾分鐘。

愚蠢的她根本不擔心會懷孕，不過那種事總不好跟阿好講，在這之前，兩人是無話不說、毫無祕密的好朋友。發生「那件事」後，因著羞恥而沒說出來，還有那天晚上，那個地方疼痛的事，以及上廁所時有血跡的事……

「睡覺吧！」

「嗯！」

心想，想些別的事吧！想些令人高興的事吧！在黑暗中，蜜的心裡浮現出車站前「佐繪草」舶來品店的黃色羊毛衫。下一次就穿那件衣服，和吉岡不管到哪家店，都不會再像上次那樣自慚形穢了！

從那天起已過了兩星期，可是沒有任何的信件來。

蜜每天在從工廠回家的路上，心裡就緊張地忖度著，吉岡會不會已寄信或明信片來呢？但又怕心事被阿好看穿，只得故意裝著沒事人兒般；可是在工廠上班時，心裡卻一直惦記著。工作完畢後要回到進藤家時，想看信的心情使她不由得加快腳步，有時甚至像兔子般跑了起來呢！

邊喘著氣打開後面的玻璃門，眼睛直往平常進藤先生放信的樓梯口看，然而，這兩星期來什麼也沒有；在夕陽餘暉中，只有白色的塵埃飄浮著，最後落到樓梯的第二三階上。

（明天一定會寄來的。）她握緊掛在胸前的護身符，對自己說著。（明天一定，一定會寄來的……明天會寄來的。）

然而，蜜昨天也是這樣緊握這護身符，做同樣的祈禱……

以前那個護身符，是在川越的大師那兒買的，後來不小心弄掉了。蜜的故鄉在埼玉縣的川越，老早就有的大驛站和商店區，在大戰空襲時未被燒燬；因此街道上還看得到土造的舊房子和舊城址，可是她並不想回去那古老的故鄉，因為她知道自己不在家，父親和後母可以過得更愜意。蜜是父親前妻所生的唯一的孩子，後母帶了三個小孩嫁過來，後母雖然不是什麼壞人，可是在蜜幼小的心靈中，早就感受到自己在家多少會妨礙到新母親的幸福。蜜無法忍受因自己的存在而造成別人的不幸，每看到有人不幸時，她就會悲傷起來。因此蜜獨自到東京來，就這樣子工作，這樣子一個人過活。

星期天了，平常的星期天，要是阿好和蜜在一起，就會到經堂商店街後面的南風座去。南風座是這個鎮唯一的電影院，兩部日本電影同時上映四十圓。用藍墨水印的本事，紙質極差，很容易弄髒手；暗暗的館內常有小孩的哭聲，中年人旁若無人地吞雲吐霧著，以及從廁所飄出的陣陣臭味；儘管是如此髒亂，兩人根本不在意，嘴裡嚼著在店裡買的口香糖，聚精會神地看著銀幕上的畫面。其實在還沒看電影之前，兩人早已從《明星》雜誌上知道電影的梗概了；可是對阿好和蜜來說，知道故事的內容，跟實際上邊看電影邊歎氣是兩回事。

今天的這個星期天，兩人沒去南風座，而從經堂搭電車到成城，這是前些日子已計畫好的。

成城裡住著許多銀幕上的影星，阿好在前一天晚上，拚命地翻看娛樂雜誌上附錄的電影明星的住址。

「唉呀！田崎潤也住在成城呀！連月丘千秋也是。」

像三船敏郎、藤田進等大明星就有七人住在成城，或許是因著名的T攝影棚在附近的關係吧！因此阿好邀蜜在這星期天，無論如何也要上成城逛一趟，她想用自己的雙眼證實一下她所崇拜影星的家。

從經堂到成城，搭小田急電車只需八分鐘，兩人怯生生地下車後，呈現在眼前的是和田園、調布一樣的高級住宅區。兩旁種著櫻花樹的柏油道路，筆直地向前伸展，如同外國市鎮一樣，淨是些四周種有扁柏的洋樓。從面向草坪的大門那兒，騎著腳踏車的外國少年，邊吹著口哨邊騎出來。

「哦……」

「哦！」

阿好和蜜相視一眼，深深地歎了口氣，一樣是住宅區，經堂的根本無法相提並論啊！但現在她們正站在月丘千秋、三船敏郎居住的這兒，能和他們呼吸相同的空氣——這種真實感，油然而生。

於是兩人就像頭頂紅冠的公雞，昂首闊步地閒逛了一陣子。道路兩旁的住家，不少是掛著約翰或湯姆等名牌的外國人；從他們家中傳出大狼犬的吠聲，或是唱片樂聲。

心裡也想找人問看看，下一戶到底是哪個明星的家；可是直覺過往的行人，似乎階級都不太一樣，也就提不起勇氣去問了。午後的陽光照在屋頂和窗戶上，光線的顏色好似奶油麵包；兩人很興奮地閒逛著，一直到天上的雲逐漸變成淡紅色為止。

「唉呀！」

阿好叫了一聲，把蜜嚇了一跳。

「怎麼了？是不是心臟停了？」

「妳看，是秀子的家，這是高峰秀子的家，妳不知道嗎？」

這是一間很樸素的日式房子，除了有薔薇纏繞在金色的鐵絲網上外，其他地方看不出大牌女明星的那種豪華、時髦；門牌上寫著高峰和平山，兩人是《明星》雜誌的忠實讀者，早知道平山就是高峰秀子的本姓。

「真的……」

「是真的呀！」

阿好緊張得站得筆直，臉和身體看來都變得僵硬了。高峰秀子的家靜悄悄的，看不到半個人影，阿好不知想到什麼似的，把身子挨近門旁，用手不斷地往裡面探。

「妳做什麼呀？」

蜜看到阿好打開人家的牛奶箱，拿出還沾有牛奶餘汁的白色空瓶子時吃了一驚。

「妳別拿呀！被發現了怎麼辦？」

「妳說什麼呀！這是高峰秀子今早喝過的空牛奶瓶呀！妳不想要嗎？我……可是一定要帶回去當紀念品的。」

不只是空牛奶瓶，阿好連掉在從玄關通往大門路旁的小石頭也撿了；她說，或許高峰秀子曾踩過這些石頭。

蜜眼裡看著阿好的這些舉動，心情極為複雜。對阿好的舉動，不知為什麼，以前根本不覺得有什麼不對的地方；可是這兩星期來，蜜突然覺得阿好的舉動真幼稚。如果現在是兩星期之前，或許自己也會和阿好一樣，拚命地撿高峰秀子家的小石頭當紀念品吧！但是現在為什麼會覺得那種行為很可笑？阿好還是少女，是什麼都不懂的少女，只曉得崇拜石濱朗和佐田啟二；而自己和吉岡在一起時，已了解到女人的祕密，那件事讓蜜感到悲傷，但也使她覺得阿好的行為很幼稚。

「喂！」她對像餓狼般到處找獵物的友人說，「我們走吧！」

兩人後來還發現到另一個她們崇拜的明星家，那是喜劇演員岸川明的住宅。長得一副娃娃臉，擅長歌唱的，身體胖得像摔角選手的這位喜劇演員，有時也和高峰秀子一起演電影。這棟豪華的洋樓，一看就像是電影明星的家，庭院中的竹竿上，曬著兩人一起蓋都綽綽有餘的大棉被。蜜直覺那是雙人床用的棉被，可是阿好卻笑出聲，說：

「唉呀！笑死人了，岸川的棉被那麼大，是因他的身體有我們的兩三倍大，所以棉被才會那麼大啊！」

從成城回到經堂時，已是薄暮時分，灰色的暮靄把商店街的弧形燈光，烘托出綠色的光暈。星期天帶著孩子到新宿或向丘的遊樂園玩耍的父母親，露出疲倦的臉色，牽著小孩的手從電車上下來。蜜夾在人群當中走出車站時說：

「等一等……」

「妳要去哪兒？」

「妳不要問嘛！就在這兒等一下行嗎？」

蜜丟下阿好跑向商店街。在「佐繪草」舶來品店的櫥窗裡，日光燈照射著排在一起的白色毛皮夾層的夾克和滑雪用的手套；她隔著玻璃注視著右邊那件黃色的羊毛衫，歎了口氣：

「嗯！還好，還沒賣出去！」

感覺上摸起來像棉花般、軟綿綿的這件羊毛衫仍掛在櫥窗內，蜜對自己說：到二十日發薪日為止，非利用晚上的加班費買下它不可。

每個月一到發薪日的下午，六個從業員就拿著印章聚到事務室來。若林先生或是他的太太，就在這兒親手把茶褐色的薪水袋交給每一個員工。

今天早上，蜜比誰都早上班，從開始打掃工廠起，就一直注意著包裝室的掛鐘。平常都是一眨眼就到中午。四個男工人中，沒帶便當的是船田、山內和大貫，蜜排著他們三人和社長的午餐碗盤，很快時間就到了；可是今天的時鐘似乎走得特別慢，負責準備午餐的社長太太對蜜說：

「阿蜜啊！今天是怎麼搞的？怎麼老是往包裝室跑呢？」

在發薪的日子，六個從業員的心情總是特別好，平常會對阿好和蜜開些黃色玩笑的年輕員工，今天都邊工作邊哼著流行歌曲。

吃完午飯後，穿著夾克的社長馬上騎腳踏車到銀行去；沒多久回來了，額頭上流著汗。

「各位同事，發薪水了。」

大家都停止工作，各自從掛在壁上釘子的上衣中掏出印章；依年齡和資歷深淺，循序地一個接一個進入事務室，從社長手中接過茶褐色薪水袋。阿好和蜜排在最後面。

「我媽媽經常說——」阿好對蜜笑著說，「最後的人最有福分。」

蜜和阿好一進入午後陽光洩入的小事務室裡，就看到社長對田口搖搖手，

「這是不行的！因為是小工廠，所以把大家當成是自家人，可是，你已預支四次了呀！」

「我當然也儘可能不想向您借，可是……只有這個月……」

田口先生睥睨了蜜和阿好一眼，顯得很尷尬。

「啊！是妳們呀！」

社長似乎不想繼續和田口糾纏下去，於是轉向兩個女孩，「橫山好子小姐，還有森田蜜小姐……」

用粗大的大拇指邊翻著工作紀錄簿邊說：

「橫山小姐夜班二次，森田小姐十次，好……可不要亂花喲！」

從抽屜拿出信封，各加入夜班費；田口先生在地板上吐了一口痰，用腳擦著，沒出聲。

兩人一腳才剛踏出事務室，就一溜煙地跑到包裝室去，在那兒偷偷地數著薪水袋裡的鈔票是發薪日一大祕密的樂趣。

「喂……」阿好好像要問什麼似地，用舌頭弄出聲響，「田口先生真是活該，他那個人就算預支到薪水，也只是拿一點點錢回家，其餘的一定都拿去打牌或喝酒。」

中午休息時，田口和別人一起打牌，蜜也看過好幾次；可是現在的蜜已沒有心情管這些了。她回憶著這兩星期來，每天晚上在寂靜的工廠裡，在這間包裝室中，孤獨地邊聽著晚上的陣陣風聲，邊用汽油擦著罐子，好不容易才賺到的這一千圓。今天那件黃色的羊毛衫，馬上就是自己的東西了，剩下的還可以給吉岡買襪子。

「喂！阿好……」

「……」

「我呀！想溜出去十五分鐘後再回來。」

「欸？做什麼呢？」

「去買東西呀！」

「買什麼呢？」

「買好的東西！」

蜜脫下工作服，套上木屐，走出室外。一陣寒風迎面吹來，捲起經堂的黑土，像小煙柱似地在工廠的周圍吹襲著，也把後頭的雜樹林吹得呼呼作響。門旁田口先生和歪著肩、揹著嬰兒、手裡還牽著小孩的女人，不知在談些什麼？風把他們的談話聲，斷斷續續地傳送到蜜的耳中。

「人家已經說不行了，妳還囉嗦什麼？」

田口先生用腳踢著地面，怒吼著。

「……可是……你……」

女的是田口先生的太太。

「又不只是我的關係。妳還不回去？」

蜜覺得站著聽別人的談話不太好，於是躲到玻璃門後，不久，聽到木屐聲；是田口先生回來了，他往地上吐了口痰，喃喃自語：

「女人呀！實在囉嗦……」

田口先生進入廁所後，傳出了小便的聲音。

蜜悄悄地關上玻璃門，小跑步到大門口，看到田口太太仍然憔悴地站在那兒；背上揹著嬰兒，手上還牽著那個七、八歲左右的男孩，任憑寒風吹拂著。

「妳好！」

蜜向她投以微笑。

「妳好！……上哪兒去？」

「到商店街去買點東西。」

「好好呀！我們可沒錢買東西……」田口太太邊哄著背上的嬰兒，又開始發起牢騷。

「你爸爸呀！即使發薪日也……」

田口先生薪水有一半是在打牌和喝酒上花掉的。他太太說：明天孩子要繳三個月的伙食費給學校，雖然只是這麼一點錢，他也拿不出來，而書包到現在也還沒買呢！自從我兼了差之後，他爸爸就仗恃著我有收入，我真想把那差事辭掉算了；可是，不做又不行……

田口太太的牢騷和他先生一樣囉嗦，背後的嬰兒不乖時，她就搖一搖身體；手上牽著的男孩，則嘴巴張得大大的呆望著蜜，在那血色不佳的嘴唇旁邊，長著一顆東西。

「這就麻煩了！」蜜敷衍著笑了一下，「那，我先走了。」

蜜找到適當時機，趕快把話題切斷低著頭急忙走開。工廠旁邊圍起來的空地之間，有一條捷徑，從這兒穿過去就是商店街了。蜜心裡想著：得趕快去把那件羊毛衫買到手。

「媽媽，我們回去吧！走吧……」

背後響起小孩糾纏他媽媽的聲音，還有嬰兒的哭聲。

「走吧！走吧！」

「你真討厭哪！」

風把灰塵吹入蜜的眼裡，吹過蜜的心田，也帶來了另一種聲音。那是：嬰兒的哭聲，男孩纏人的聲音，媽媽斥責男孩的聲音；和吉岡去的澀谷的旅館，潮濕的棉被以及斜坡上無精打采的女人。雨。有一張疲倦的臉，一直悲傷地注視著這些人的人生，對蜜輕聲說：

（喂！妳能不能回頭？……用妳身上的錢，去幫助那個小孩和他媽媽吧！）

（可是，）蜜拚命地抗拒那聲音。（可是，這是我每天晚上辛苦工作的酬勞，是我拚命工作才得到的。）

（我知道呀！）那聲音悲傷地說。（知道妳是多麼希望擁有羊毛衫，也知道妳是多麼拚命地工作，這些我都非常了解。所以我才拜託妳，希望妳能把準備用來買羊毛衫的一千圓，拿來幫助那個孩子和媽媽呀！）（討厭哪！這應該是田口先生的責任呀！）（可是，還有比責任更重要的東西呀！在人生的道路上，要把自己的悲傷和別人的悲傷連結在一起，我的十字架是因此才有的。）

蜜不太了解最後那句話的意義。不過，在寒風吹拂中，小孩嘴角那凸出的紅腫物，使她感到心痛。要是有人不幸，她都會感到悲傷；地上有人難過，她也同樣會悲傷。逐漸地，她忍受不了那紅腫物……

風把灰塵吹入蜜的眼裡，吹過蜜的心田。她邊揉著眼睛，邊回過頭來。

「太太——」

田口太太和小孩訝異地盯著折回來的蜜。

「太太，我這些錢借給妳。」

蜜把緊握在手中的千圓鈔票，交給了田口太太；大蒜鼻下現出了像是破泣而笑的微笑，很認真地說：

「不過，可要對田口先生保密呀！」

突然，她感到手腕一陣疼痛。大約半年前的某天，手腕上突然長出如銅幣大小的黑褐色斑痕，那斑痕像腫起物似地微微凸起。平常是不痛不癢的，但是前一陣子，被吉岡抱在懷裡時，雖然只是一瞬間，卻感到像是被火灼燙到似地疼痛。

已經半個多月了，吉岡連封信或明信片也沒寄來，是不是生病了？要是生病了，是不是沒讓醫生看，就一直躺在床上……蜜開始擔心了。儘管他語氣很強硬地說過不能去宿舍看他，可是要是生病了，我不去照顧他怎麼行呢？

因此，在晴朗的星期六下午，蜜仍然穿著那件柿子色的舊毛衣走出宿舍。

走到「佐繪草」舶來品店前，趕快把眼光避開快步走過去。然而，那件一直想買最後卻沒買成的，如棉花般軟綿綿的羊毛衫的影子，已經深烙在她的腦海裡了。

（沒辦法呀……沒辦法的。）

打從孩提時代起，蜜就已經習慣了「放棄」；對於人的命運，她從不反抗，完全地接受。

吉岡第一次寄來的信，信封背後有他的地址，蜜一直小心翼翼地保存著。今天，她把那封信摺得小小的，放入毛線衣的口袋裡，偷偷看了事務室裡的東京都地圖，知道到吉岡那兒要在國營電車的「御茶水」站下車。

蜜在新宿轉乘開往小田急的國營電車，大約二十分鐘後在御茶水車站下車，她把信封上的地址給收票的站務員看。

星期六在駿河台的斜坡上，有初冬少有的溫暖陽光照射著。道路兩旁的書店和咖啡廳裡，戴著方形帽的大學生和夾著皮包的年輕女孩出入其間；蜜東張西望地看那些店和大學生們，心想或許吉岡會在人群當中吧！

站務員告訴她，在駿河台下行的電車道前向橫路左轉，但蜜還是慎重地又向附近的香菸店和賣學生皮帶釦的商店打聽了兩三次，很快地就找到了目的地的宿舍。門上的玻璃破了個小洞，還是用撕下的報紙糊上去的，蜜推開那扇門，卻意外地發出很大的聲響；白色的陽光，寂寞地落在玄關和寂靜的走廊上，沾滿泥土的軍鞋和歪了底的短筒靴，凌亂地擺在玄關上。這公寓裡所有的東西，看來都有點髒兮兮的。

「請問有人在嗎？」

蜜出聲問著。

「是誰呀？」

傳出中年女性的聲音。頭上包著毛巾的歐巴桑，不知是否正在打掃，手裡拿著垃圾畚箕，表情極為訝異：

「有什麼事？」

「我是來找吉岡先生的。」

「吉岡先生？」歐巴桑把蜜從頭到腳打量了一番後問：「妳是吉岡的朋友嗎？」

「他不在嗎？」

「是呀！也不知搬到哪兒去了。我看他是故意躲起來的，最後一個月的房租和電費也沒給，榻榻米上還燒了大窟窿就溜掉了，真是要不得！」

「吉岡先生搬到哪裡去了？」

「我也正想問呢。我沒跟他拿保證金就租給他，結果竟然是這樣子……。最近的學生不像以前的學生了，一點也不可愛……臉皮變得好厚，什麼都不在乎！」

蜜看看打聽不出什麼眉目來，就離開那棟公寓。她擦著大蒜鼻子上的汗珠，再次爬上駿河台的斜坡；斜坡上和剛才一樣，帽緣用油擦得亮亮的學生們在這兒閒逛著。

「喂！今天晚上不打麻將嗎？」

有位學生向同伴問著。

「不打，還是撞球的好！」

看到那種吊兒郎當的樣子，蜜不自覺地想起了吉岡說話的口氣。走過書店時，眼光又朝店裡搜索著，心想說不定吉岡就在店裡；經過咖啡廳前，從玻璃門望進去，裡面的情形一覽無遺，當然也看不到吉岡的影子。天色漸漸暗了，御茶水車站對面的天空變成了淡紅色；車站的售票口前，購票的旅客排成一列列的隊伍；騎著腳踏車的少年，把一捆晚報丟在報攤上就揚長而去了。蜜心想在剪票口等等看，說不定會碰到吉岡呀！因此，她沒有馬上買回經堂的車票，只是惆悵地、傻傻地站著，惆悵地、傻傻地站著……。

5 我的手記（四）

森田蜜的影子，從我心中消失了。她現在在哪裡？做什麼呢？我根本沒興趣。兩次約會的情景在印象中已經極為模糊，幾乎想都想不起來了。在我的記憶中，她的影子如同逐漸消失在水平線彼方的船一般，變成了細線，變成了小點，最後消失不見了。我想她和我的人生，是沒有任何關連的，而今後也不會有什麼瓜葛。

話雖這麼說，其實我也曾經有兩次突然想起她；就像雲彩突然投影在冬日寂寥的山上一樣，她的影子突然掠過我心中。

那是第二年的春天。監視廣告的氣球，這是我當時的打工內容，工作說來並不困難。在屋頂上邊曬太陽，邊注意吊著廣告的氣球，不要讓它被風吹走，我整天就做著這樣的工作。

從屋頂上可以看到東京寬闊的街道。在黃昏的地平線附近的夕陽，如同紅色的玻璃球，還帶著少許褐色的陰影，正緩緩地下沉。奔馳在路上的汽車和電車所發出的嘈雜聲，從屋頂上聽來令人感到好憂鬱；在鄰棟大樓窗中走動的人影變得好小好小，還有像火柴盒般的房子排成好幾列；哀傷的、模糊的都市一直往更遠處延伸，那裡有無數的人家，住著無數的人。這時，我突然警覺到那些人，他們每一個人都有著和我一樣的人生。

靠在有點冰涼的扶手上，我茫然地自言自語：（在這街上，有著許多的人生，有著各式各樣的人生，大家都在這兒生活著，有喜悅，也有痛苦！）

就在這一瞬間，眼前突然浮現出蜜的臉。我想：在這灰色的暮靄和煙霧籠罩下的這個都市裡，她現在在哪裡？正在做什麼呢？

其實，那念頭也只是一閃而過罷了；如同碎布屑突然浮上水面，轉瞬間又被吸入深深的水底一般，這不像是我該有的感傷也馬上消失了。

此外，還有一次想到她：在宿舍附近的理髮店裡，等著要理髮時，無意中看到椅子上的舊雜誌和週刊中，有一本娛樂性雜誌《明星》。

為了打發時間，我隨手翻看封面已破損的那本雜誌，視線無意中落到「人生顧問欄」——這是一些傻女孩寫信來問有關家庭、就業及戀愛的問題，那上面有一則內容和我的情形極為相似。

已記不得正確的內容了，反正大意是：女孩認識了一位大學生的筆友，見過兩三次面獻上她的貞操後，那個大學生就從此避不見面了。

當然，上面沒寫著森田蜜的名字，或許不是她吧！可是，我和她之間的關係，竟然和這一則讀者投書這麼類似，自然而然地就聯想到她了。

負責解答的女士，回答得極為冠冕堂皇，大意是：那個大學生沒有資格愛女孩，要早一點忘掉那種不負責任的男孩，重新過新的生活。

我從攤開在膝蓋上的雜誌中抬起頭來。理髮店的老闆，在午後催人打瞌睡的陽光中移動著剪刀；頑皮的小孩在火爐上，烤著沾了醬油的糯米糕。

（不負責任的男人呀！沒有被愛的資格！）

我對負責解答的女士，感到有點憎恨和抗議：呸！妳是什麼東西？臉長得像腳底板醜死了，而聲音又沙啞難聽，高高在上，好像多了不起似地看人生。淨說些醫不好又毒不死的歪道理，就像製造「今川燒」①的歐巴桑一樣；隨便把讀者的頭腦套入公式裡，淨會說些教訓人的話，到底誰才是真正不負責任的人呢？

「唉呀！這位先生，這世界就是這樣子的！」

理髮店的老闆不知正和客人談些什麼。

「大家差不多都一樣的！」

我把雜誌丟在椅子上；我想過蜜的就只有這兩次而已。

時間又過了一年。全靠金先生的幫忙，每當我手頭拮据的時候，總會有些奇奇怪怪的兼差機會給我，因此，雖然有些波折，大學總算念畢業了。那是韓戰發生的那一年，私立大學普遍財政困難，因此大量地招收學生，還讓學生們輕鬆地畢業；在這種情況下，很少到學校上課，而且成績又不好的長島繁男和我，也因此勉強過關了。手裡拿著「執照」（畢業證書），大步踏出校門。

「喂，臭小子，好好幹呀！」

「喂，臭小子，你也一樣呀！」

長島和我在御茶水的斜坡路上握手道別。俗話中用「吃同一鍋飯」來形容兩人的交情很深，而我和長島交情之深，不用穿同一條內衣褲是形容不出的。投入社會的人海之後，彼此不知會變成怎樣？至少我和長島都希望大家以後能夠不愁沒錢用，也不愁沒有女人。

很幸運地，因韓戰軍需用品的景氣特別好，我和長島很快都找到了工作。當然，我們不是東大畢業生，是進不了一流銀行或物產店的；不過，我們一開始就沒把目標擺得那麼高。

我的第一個工作是在日本橋的一家鐵釘中盤商店裡當職員。公司的職員除了社長清水先生、吉村和片岡兩位經理之外，全部不過二十人。可是因為包辦了整個大手町的一流製釘公司的產品，目前的景氣和將來的發展性都被看好，而我自己也看上了這一點。

（寧為雞首，不為牛後！）

在寄回家的信裡，我自傲地寫上學生時代學過的這句話。好不容易脫離了長久以來的打工生活，覺得光明似乎已經來臨了。

而且……在二十位職員當中，大學畢業的沒幾位：尤其是在新進職員中，就只有我一個人是大學畢業。從進公司的第一天開始，我就察覺到五個女職員，以憧憬的眼光看著我，我感到飄飄然……。

（我一定要成為雞首！）

①譯註：包有小豆餡的點心。

我心想：與其在大牛屁股後面，換句話說在一流公司當個小職員；還不如在小雞前頭，比較容易出頭。在搭往公司的地下鐵裡，我常在心裡描繪著十年、十五年後自己的樣子，嘴角常常不由得露出微笑來。經理級的吉村和片岡先生，他們的座椅就跟我們不一樣，是大的旋轉椅，桌上擺著一塊經常擦得光可鑑人的玻璃墊，另外還有一台專用電話；而且每天早上兩人一進入公司，二十個職員就恭恭敬敬地鞠躬說：

「您早！」

緊接著名叫平山的女孩，馬上就把茶端過來了。我心想十五年後我一定要爬到那個位子。

（可是，要怎麼樣做才能爬到那個位子呢？）

從公司下班後，我在舊書店買了四、五本「成功的祕訣」、「你也可以出人頭地」之類的書，可是每一本所說的都是些讓人摸不著頭緒的話。其中有一本名叫《信念的魔術》是從英文翻譯過來的，作者說：只要每天對著鏡子，反覆地說出自己的願望，就會變成像自我催眠似地，產生使願望實現的不可思議的力量來。

只要能出人頭地，管他是什麼傻事，我都願意試看看。

在中午休息時間，其他人都到外面散步，辦公室裡空蕩蕩的，只有我一人；於是走進洗手間，按照書上教的方法，對著鏡子注視著自己的臉，對自己說：

「我會出人頭地的，一定會出人頭地的。」

映在鏡子裡的自己，就像便祕時那樣子，說有多難看就有多難看；可是，我的態度是很認真的。

是的！那一天當辦公室看不到其他的半個人影時，我想應該沒有人留下，於是我又走進洗手間，站在鏡子前面大聲說：

「我會出人頭地的，一定會出人頭地的。」

我剛覺得後面似乎有人時，眼前的鏡子裡除了自己外，還出現了一張臉——是個年輕女孩的臉。

「唉呀！」

那個女孩比我更覺得難堪。她名叫三浦真理子，比我早一年進入公司，是社長清水先生的姪女；因此，經理們除非是公事，否則都以「小姐」稱呼她。

「我還以為是小偷呢！」

「真不好意思！」

「對不起！」她好像覺得很好玩似地笑了，「我散完步自己一個人回來時，聽到辦公室裡面好像有奇怪的聲音，心裡有點怕怕的，本來還想找個人一起進來看看呢！」

之後，她拿起洗手台上的杯子喝水。手裡拿著杯子，眼睛卻覺得很奇怪地注視著我的臉。

「吉岡先生，您真是個怪人。」

「怎麼說呢？」

「不跟大家在一起，卻一個人躲在洗手間裡自言自語。」

啊！好漂亮的眼睛，黑溜溜的像水晶，還發出亮光呢！她喝完水之後，嘴唇被水沾濕了，水滴還流到潔白的頸子裡。

可是，那時我心裡想著別的事，不知為什麼，我想起了以前吃雜燴時長島告訴我的摘葡萄的女孩的故事。在聽故事的那時候，我就已經下定決心，將來一定要找個那樣子的女孩。

這時除了渴望的心情之外，還有另一種心情湧上來，那是功利的、狡猾的心情。

這個女孩是社長的親戚，喜歡上她一定不會吃虧，至少讓她留下好的印象，或許會有好處也說不定。

「沒辦法呀！我是新進職員，有很多事要做、要學。首先，要學打算盤。我呀！打從出娘胎之後到現在，就沒碰過算盤；現在，每天晚上都做夢，還夢見長著腳的算盤在後面追趕呢。」

「真的？」真理子又吃吃地笑了，「我常看您手裡拿著算盤在歎氣，您們大學生也拿它沒辦法啊！」

「妳——」突然，我換上一副正經的臉，「能不能教我呢？妳打得很好呀！」

「可是……」

「可是什麼？好吧！黑格爾說過：前輩教晚輩是愛的義務。」

到現在我還很清楚地記得她那時候的表情：頭垂得低低的，用手指玩弄著手上的杯子，以羞澀的眼光瞄我，那模樣兒真是太可愛了！跟森田蜜那種愚笨的傻笑樣子，形成了強烈的美醜的對比。

辦公室附近的一家咖啡廳就是我們兩人的教室。她倒是很忠實地做到黑格爾所說的「前輩教晚輩是愛的義務」這句話，而我當然也是個認真的好學生！因為，第一要是大學生連算盤都不會打，一定會被中學或高中畢業的同事們瞧不起，再說，感受到她喜歡我的心情，也是逼促我努力的動力。

「您的素質真的很好啊！」

「是真的嗎？」

「您現在已經打得比我還好了呀！」

「沒有這回事。不過，我倒是知道不管再怎麼懶的動物，只要有高明的調教師，一定可以調教出高水準的演出。」

除了在這家咖啡廳裡上課之外，在辦公室裡，我儘量避免和真理子有親暱的舉動。因為，要是讓同時進入公司的同事們傳出：我在糾纏社長姪女的閒言閒語，對我是很不利的。

眼看著自已教的年輕新職員算盤越打越好，對女性來說也一定很高興。

「哦！吉岡先生最近打算盤可是突飛猛進呀！」

有一天，吉村經理從對面的桌子對我說。

我邊回答：

「哪裡，哪裡，還差得遠呢！」

邊往真理子的座位瞧，只見她停下正寫著字的手，臉上和嘴角浮現出勝利的微笑來。

不知為什麼，在那一瞬間，我突然覺得：

（有希望了！）

我們兩人的祕密授課，講祕密是誇張了點；她沒把在咖啡廳上課的事向人提過，我倒覺得這是出自對我的善意，至少，有一天社長問她：

「新進職員怎麼樣？」

我知道她是絕不會說我壞話的，而且，還會幫自己的學生說好話。我心想：

（看來很有希望了！）

金先生曾說過，為了要獲得女孩子的青睞，讓對方留下強烈的印象，即使是大便等的髒話也不必避諱。可是，我發現即使不使用那些不雅的字眼、令人難堪的手段，也還有心理的、高尚的進攻方法呀！

總之，我越喜歡真理子，以前和我有過一次關係的森田蜜，就變得更遙遠、更虛無縹緲；或許還稱不上是「存在」呢！那時我根本不了解：在我們的人生當中，對他人所做的任何行為，都不可能像冰塊在太陽底下溶化般完全消失無蹤；即使我們遠離對方，或根本忘記了對方，可是我們的行為，在內心深處一定會留下痕跡的。

不過，我也不認為自己比一般的男人心黑、狡猾。我在蜜身上所做的事，只要是男人，形式上縱使不同，大抵上也會幹過一兩次吧！而我喜歡三浦真理子，希望從她那兒獲得社長的賞識、提拔，這種現實的功利想法，只要是薪水階級的人，是誰都能夠了解、接受的。

總之，我不認為自己是品格高尚的男人，但也不是很壞的人。我不過是住在東京的無數薪水階級中的一個人罷了，只希望過著無波無浪的平凡人生。

因此——

因此，即使是想接近三浦真理子，除了想利用她使自己高升的心理之外，我是真心喜歡她。那潔白的喉頭像沾了水似地發亮，還有偷瞄我笑的純真的臉，讓我覺得真是漂亮極了！

進入公司的兩個月後，公司舉辦員工旅行。這是社長清水先生提議的，目的是想讓新舊同事接近，增進彼此的了解，地點選定樹木環繞的富士五湖之一——山中湖。

那一天是星期六，我們先搭火車到御殿場，再從御殿場轉搭公司租來的遊覽車。車子駛過被六月陽光照得片片葉子閃閃發亮的高原時，二十位同事大家根本無心欣賞車外的風光，只顧彼此交換著餅乾、食物，或合唱少數幾首歌曲。兩年前進入公司的佐山先生，他口琴吹得很好，替大家伴奏著。

「喂，喂，你看！吉岡先生和真理子小姐兩人好親熱呀！」

「在火車上，還有遊覽車裡，兩人一直都形影不離！」

被大家這麼起鬨著，真理子小姐的臉上又現出那種既害羞又高興的微笑來了。

「討厭哪！我們根本沒什麼呀！」

事實上，從東京到山中湖，我們一直都坐在一起。在公司裡我儘量避免對她做出親暱的舉止，可是像今天這種場合，連自己都疏忽了；不過，大家的捉弄、嘲笑並不含惡意，所以我也不在意。

「到這家公司之前，妳曾在哪兒工作過呢？」

我嘴裡嚼著她給我的牛奶糖，欣賞車外兩旁起伏不定的樹林和白色葉子在六月風裡發出的亮光，若無其事地問著。

「是在鄉下妳父親那兒？」

「不是，」她的回答令我感到意外。「我曾在經堂的製藥工廠幫忙過一陣子，那是一家很小的工廠，沒做多久我就辭掉了。」

經堂，又是製藥工廠，我好像曾經聽說過……是什麼時候？……啊！對了！我想起來了！蜜工作的地方，不也是這個地方嗎？

「製藥？」我的聲音突然變得沙啞。「是製藥的工廠？」

「是呀！那家工廠本來以製造肥皂起家的，後來又成立了製藥部門。」

「那裡……有沒有一位叫……森田蜜的女孩？」

「唉呀！有呀！是從川越鄉下來的女孩子吧！吉岡先生您認識她？」

「不，我……不認識她。」我慌忙地閉上嘴。「是朋友認識的。」

還好，那時她沒有注意到我臉上的變化，要是真被她發現了；或許我也會以暈車、陽光太大的關係而搪塞過去吧！

終於車外可以看到碧湖了。環湖的落葉松，黃色或紅色屋頂的別墅，還有並列在湖畔的旅館；女同事們高興地喊叫著，爭先恐後地下車。

雖然距離夏天還有一個多月，但是已有很多家藝品店和飲食店開張了。

「買底片！」

「我要喝果汁。」

湖上有像是駐日美軍的家人，穿著泳衣坐在機動小艇上。小艇前頭激起兩股藍色的水浪，小艇呈一直線往前衝。

「我好喜歡那種英勇的雄姿。」

真理子站在湖波輕拍的湖岸上自言自語著，頭髮上的絲巾，在從湖中吹來的微風中飄盪著。

「吉岡先生，您做運動嗎？」

「我會騎馬。」

其實我根本沒騎過馬，只是虛榮心作祟才這麼回答。

「騎馬？啊！您會騎馬！」

「嗯！……是啊。」

「好棒啊！騎給我看看好嗎？那邊有馬出租呢！」

我話剛一出口，就知道說錯了，正想把話收回來時，已經太慢了。在前頭藝品店的後面，有三四匹馬被綁在一起，旁邊還有幾個像是馬伕的當地老百姓正抽著菸。

真理子站起來，走了過去，我在心裡嘀咕著：事到如今，也沒辦法了，船到橋頭自然直吧！反正是農家的劣馬，又不是什麼野馬；不過，由於患過小兒麻痺的關係，手腕不太靈活，心裡還是有點不安。

不出我所料，每一匹馬都又老又瘦，一根根的骨頭突出，眼裡還有一大堆的眼屎，身旁還有虻蠅飛舞著。

兩人走近租馬的地方，同事們遠遠地笑著看著我們。我心裡想：好呀！本來是不希望引人注意的。不過，既然事已如此，就好好表現一番讓大家瞧瞧！

馬伕看到我緊抱著馬，像爬似地單腳抬起的樣子，都嗤嗤地笑出了聲；而馬也好像疑惑似地眨眨眼睛，抖動著身子，似乎想把身上的累贅物抖落下來。

「你是第一次騎馬吧？」馬伕有點瞧不起似地說。

「開什麼玩笑？誰是第一次騎馬！」

「好，既然不是第一次，那就不用我們幫忙了？」

在真理子面前，我不得不這麼回答；其實是生平第一次騎馬，以前根本不知道馬的身體竟然這麼龐大，兩隻腳就像被套在灰色的桌面般。

「西！」

馬伕輕輕地拍拍馬屁股，馬很吃力地移動腳步，看起來真的是老了。

「吉岡先生，加油喲！」

女同事們拍手叫著。

「呸！還得意洋洋。」

男同事們帶著幾分嫉妒的眼神，從下往上看著我，馬緩緩地經過他們身旁，我微笑著。沒什麼了不起，我放心了。這匹馬不會發狂，也不會豎立起來，我挺胸，手抓緊韁繩，再挺胸！

我回過頭來看，真理子對著我微笑。她露出潔亮的皓齒，背後是銀色陽光照射下的碧湖。

一直走動的馬匹突然停住不走了，低著頭一動也不動，還不只是不動而已，竟然吃起地面上的青草了。

「西！西！」

我搖晃著身體，用腳輕踢牠的腹部，可是，牠根本不理我的「信號」，嘴巴仍然嚼著青草。

「怎麼了?吉岡先生！」

「叫牠走呀！」

我心裡好急，汗都流出來了，於是在大家面前狠狠地拍了一下牠的屁股。這一次，牠似乎不耐我的囉嗦，搖搖頭後，雖然嘴裡還是嚼著青草，總算移動腳步了。

我又一次回過頭來，對著真理子笑，站在銀色陽光照耀的碧湖前的她，露出幾分不安的表情，遠遠地看著我。天空是六月的藍。

馬又停下了，這次是用長尾巴趕身上的虻蠅；虻蠅也在我流了汗的臉旁飛繞著。

「怎麼搞的？根本不會騎嘛！」

「馬很了解騎士的本領，牠瞧不起差勁的人，乾脆動也不動了。」

諸如此類諷刺的話，傳入了我的耳朵。

（畜生！你給我走著瞧！這次讓你跑得「馬不停蹄」！）

於是我用拳頭狠狠地打在馬屁股上，馬痛得嘶嘶叫直踩腳，馬蹄「吧咔吧咔」地發出聲響，身體轉向發燙的白色斜坡。

我再一次回過頭來對著真理子笑。站在陽光耀眼的碧湖前的她，表情僵硬地看著我。

馬又停止了。鈍重的聲音自腳下響起，是在放尿。過了五秒、十秒，還繼續著；原來馬小便是這樣子——鈍重的聲音自腳下響著，宛如會持續到世界末日。

「哈哈哈！真不能看，騎小便馬。」

「欸！連大便都要出來了！」

這是真的！馬也不管三七二十一，大屁股對著公司的女同事們，尾巴往上一翹，圓形的馬糞「噗得！噗得！」地掉下來了。腳下和背上全是臭味，感覺好像自己在眾目睽睽下遺便似地，真是無地自容。

真是受不了，我於是從馬背上溜了下來。獲得自由的這匹笨馬也真現實，我一下來牠自己就「達達」地跑回主人的地方去了。

女同事們不好意思地轉過臉去偷偷笑著；男同事們拍拍我的肩膀，趁機會譏笑了一番。湖畔真理子的影子不見了。是否不敢正眼看我？

雖然如此，這次的出醜對我來說並非只有損失。在這之前，有部分同事因為我是大學畢業生的關係，對我有點敬而遠之；現在反而對我產生了親近感，而真理子對垂頭喪氣的我，也產生了類似母愛的感情。中午吃飯時，還有後來坐在車子裡，她不但為我辯護，還用抱歉的眼光看著我。

傍晚，我們從山中湖坐遊覽車返回歸途。大夥兒覺得要是走原來的路線回去沒什麼意思。因此，我們的車子繞了些路，經過御殿場街道。

黃昏時刻，火紅的太陽在田地上、樹林裡，以及所經過的村落裡，投射出豪華奢侈的光線。我們飽覽了被陽光染成紫色的富士山的風采！

「真對不起呀！」

真理子靠在我的身上小聲地說。

「什麼事？」

「我要您騎馬給我看……」

「沒什麼，猴子也有從樹上掉下來的時候。」

我覺得自己好幸福。已經向流浪漢似的學生生活，吃雜燴、明太魚的日子，還有向金先生要打工機會，散發ENOKESO的傳單的日子……等等揮手告別了；而且，我現在已是有野心的男人，想要成為雞首！

（長島那傢伙，是否也過著幸福的日子？我要出人頭地，我一定會出人頭地！）

在黃昏的雲層下，樹林中有幾排像軍營似的木造建築物並列著；很奇怪的是那一帶連一戶農家也沒有，只有那幾棟建築物孤立著。我心裡猜測著是軍營嗎？可是即使是軍營，也應該是有異國風味的建築物呀！

「那是什麼？是學校嗎？」

和我一樣也注意到這些建築物的大野先生，向遊覽車小姐問著。

「哪個呢？」

「像軍營似的孤立的建築物。」

「喔！」遊覽車小姐點點頭。「那是痲瘋醫院呀！」

「痲瘋醫院？」大野先生嚇了一跳，「可怕的醫院，是天譴病的……」

「是的。」

「不行！趕緊把窗戶關上，趕快！要是讓細菌跑進來就糟糕了！」

大家都笑了！然而，真的就有神經質的同事，把窗戶給關上了。把痲瘋醫院單獨蓋在樹林裡，而且這一帶連一戶農家都看不到，難道是真的怕被傳染到？在黃昏的灰色雲層下，農地和看來陰鬱且孤單的建築物，似乎都籠罩著一種無可言喻的悲傷和陰影。

「應該把痲瘋病人——」我若無其事地嘀咕著，「放在哪兒的離島上，讓他們斷子絕孫。」

「吉岡先生，您是說真的？」

靠在我身上的真理子，突然坐直起來，注視著我的眼睛。

「哦！是呀！這也不是什麼壞主意呀！」

「吉岡先生，您也有冷酷的一面。您不覺得那些病人很可憐？」

兩人之間出現了一陣子「不和諧」的沉默。

不過，那也只是一下子而已，因為我們很快就看到御殿場的燈光。本來嘛！痲瘋病人和我們有什麼關係？那些人和我是毫無關係的存在，就為他們該不該同情而吵嘴，那真是太傻了。

到達御殿場時，真理子的心情似乎好轉了，我跟她開玩笑，她用手捂著嘴笑。

回到東京後大家揮手道別。女同事們各自回家去，只有單身的男同事們，似乎還意猶未盡的樣子。

「我好想去洗個操！」

「對，我們去土耳其浴吧！」

不知是誰提議的，最後我們決定到那時剛新興的土耳其浴場去，洗掉今天的疲倦；其實大家心裡還摻雜著半裸的女郎替自己擦背的期待心理。

就在土耳其浴場裡，我碰見了已被我忘掉兩年的森田蜜！

6

我的手記（五）

土耳其浴場是在新宿靠近歌舞伎町的地方，鋪著磁磚的建築物屋頂上，寫著土耳其溫泉的紅色霓虹燈閃爍著，從老遠就看到了。皮條客所指的入口處是相當高的階梯，空蕩蕩的階梯上站著兩個繫著蝴蝶結的男子，雙手交叉在胸前。

「歡迎光臨！」

我們一夥兒喧嚷著在入口前停下腳步，兩個男子雖然也像旅館的侍者對我們彎腰鞠躬，可是，態度裡卻隱含著瞧不起人的味道。

「請問四位是要入浴嗎？」

其中的一位拿起桌上的話筒。

「有四位客人，請準備！」

他講的是奇怪的英語。

「是！」

有聲音從裡面傳出，小姐很快就出來迎接了，每一個都穿著髒髒的短褲，披著上衣，那種打扮乍看之下還以為是藥劑師呢！而且每一個都矮矮胖胖的，看來好像螃蟹；臉像螃蟹，身體也是橫向發展，看來跟螃蟹真的是一模一樣。

「戴眼鏡的先生是右邊的浴室，高個子先生是這邊，這位老兄是這間。」

她們馬上為我們取了綽號，把我們分配到排列在長走廊兩旁的幾間浴室裡。

有人說：

「拿綽號稱呼我們，好像是『赤線』一樣！」

馬上有小姐應聲，

「啊！失禮了。我們這裡可不是那種地方呀！是很安全的，很安全的。」

小姐笑著拍拍他的肩膀。看她們塗得濃厚的口紅，難看的走路樣子，也難怪會讓人聯想到在歌舞伎町「赤線」上班的小姐。

一個微胖的小姐，把我帶到左邊的浴室。浴室裡隔成兩個房間，一間是用來脫衣和按摩的，另一間有小小的蒸汽浴缸和白色磁磚的西式浴缸。

小姐很快脫掉上衣，掛在牆壁上。

「這位先生，您用蒸汽浴缸嗎？」

我邊解下領帶，邊瞪著身上只穿著奶罩和短褲的半裸的她看。

「討厭哪！怎麼一直瞪著人家看！」

她故意裝出嬌嗔的聲音，其實我哪裡是因為她的身材漂亮才看她的！那又短又粗的腿，還有像水桶似的腰部，一看就知道是哪兒的鄉下姑娘；而露在短褲外面的大腿上，還有被蟲咬過的紅色小斑點哪！

我曾見過和這一樣的身體，而且還不只是看過，在厭惡和性慾混合的心情下還抱過呢！對了！那是蜜的身體，是和森田蜜一樣的肉體；這類女人的共同特徵是：蘿蔔腿、肥胖的胴體和對人傻傻地癡笑。

「討厭哪！不要再猶豫了，快點進去吧！」

我被趕入四角形的金屬缸中，只有頭部露在外面，這是用缸中的蒸氣「蒸」身體的。

「這裡三教九流的人都來吧？」

「是呀！有像您一樣的薪水階級的人，也有老阿公……不過年輕的倒是很少見，還是中年男人比較多。」

由於蒸氣的關係，臉上流了很多汗時，她就用毛巾細心地擦著我的額頭和臉頰。

「中年男人會毛手毛腳嗎？」

我的臉向左右扭轉時突然問她這個問題。

「會不會做些奇怪的事？」

小姐笑出聲來，和蜜一樣老是發出傻傻的癡笑聲。

「人家不知道！」

「告訴我，他們都做些什麼？快跟我說！」

「我不知道呀！」

從她那狡猾的笑容中，讓人感覺她似乎已習慣了中年男人的慾望，可以若無其事地接受對方的要求。好！既然這樣，我也想嚐一次看看；可是，現在身體和手腳密封在蒸氣缸中，只有頭部能轉動，手腳卻伸不出來，這樣不正像是個彌勒佛嗎？

伊豆的山呀！山啊！
太陽已落下

小姐用毛巾擦拭我的臉，哼起流行歌曲來。

「這是誰唱的？」

「是岡晴夫唱的。」

「嗯！不錯，是他唱的。」

我發現她頸上掛著廉價的細小鏈子，鏈子的前端似乎吊著什麼？不過因為是藏在奶罩裡看不到。

我從蒸氣缸出來，到鋪著磁磚的西洋浴缸裡，然後再回到脫衣室，趴在床鋪上享受「馬殺雞」。小姐先在自己的手掌上抹上白粉，然後拚命地用力推壓著，從頸子到肩膀，從肩膀到背部。

「喂！告訴我吧！」

「什麼事呢？」

「我剛才不是問過了嗎？那些中年男人在這裡都做些什麼呢？」

我伸出右手用手指撫摸她的肩膀。

「是這樣子，然後慢慢地得寸進尺嗎？」

「討厭哪！」

「哪，可以吧？」

「我要大聲叫了！」

我撫摸她肩膀的食指，突然碰到了她身上的鏈子，看到奶罩裡鏈子的前端繫著的似乎是個灰色的金屬物。

「妳戴著什麼？是裝有男朋友照片的金屬盒？」

「不是呀！」

我吞了一下口水。事實上，鏈子前端繫著的既不是金屬盒，也不是什麼紀念章，是個又小又髒的十字架。那是森田蜜的十字架！

在澀谷的晚上，像小狗一樣跟在發怒了的我的後面，一路上不斷地討好我；在車站前看到寒風中像稻草人般的老頭子時，那老好人的本性又露了出來，居然一口氣買了三個廉價的十字架，還把其中的一個給了我。

那晚上的情景，像走馬燈似地又浮現在我的心頭；我還記得自己把她給的十字架，丟到被香菸、稻草屑和醉客吐的穢物弄髒了的水溝裡。而現在和這一模一樣的十字架，怎麼會掛在眼前這個土耳其浴的小姐胸前？那被充滿情慾的中年男人，用手指撫摸過的胸前？

「喂！妳這是在哪裡買的？」

「好嚇人，您怎麼突然這麼大聲起來。」

「是在哪裡買的？」
「是人家送給我的。」
「是誰？」
「是一位朋友。一個曾經在這兒上過班的朋友。」
聽她的聲音，就知道是從鄉下來的。
「妳那位朋友叫什麼名字？」
「叫阿蜜。您為什麼問這個？您認識阿蜜？」
「……是叫森田蜜吧?!」
「那您……就是吉岡先生了？」
小姐按摩的那隻手停了下來，注視著我看；剛才那種輕浮的表情完全消失了，代之而起的是鄉下姑娘的羞怯表情。
「是……是吉岡先生吧？……對吧？阿蜜經常這麼稱呼您呀！經常這樣，永遠是這樣……」
隔壁的浴室傳來水聲，水聲中混合著男女的嘻笑聲，他們也和我們一樣，哼著流行歌曲。
「她還在這兒嗎？」
「不，已經辭掉了。在這裡做了半年，是和我們一起工作的。」

「她現在在哪裡呢？」

「我不知道。她曾經從川崎寄來明信片，可是沒寫上地址，就連那張明信片上，她還寫著您的事喲！」

「可是，我……和她沒什麼關係呀！妳不要胡亂猜了，我可沒有責任！」

「真的？我呀！也認為沒有關係，不過，阿蜜可是真的喜歡您，好喜歡您！」

「那是她自作多情！」

「阿蜜，在這裡……察覺到有某個男人對她不懷好意時，就辭掉工作了……辭職時，她還對我說：說不定哪天吉岡先生會來這兒，於是給了我這個護身物，當作標記。」

小姐認真地把蜜對我的心意告訴我，可是，她的態度越認真，我就越固執；蜜沒有忘記我，對我的自尊心是一種打擊。雖然如此，我也並沒有因此而覺得對不起她，感覺上就像是被人給硬塞了一件麻煩的行李。我對蜜的心情，就像在下雨天，遙望著遠方晴空下起伏的山巒的心情一樣。

我站了起來，默默地穿上西裝，土耳其浴的小姐也沒說話。隔壁的浴室，仍然傳出水聲和男女的嬉笑聲。

「您真的……很冷淡！」

我推開門，正要走出走廊時，她在後面嘀咕著；那嘀咕裡摻雜著既非歎息、也不是吐氣的心情。

「……阿蜜……真是太可憐了！」

走到外面。雨，下著，像霧的雨！

三浦真理子的確對我產生了「好感」以上的感情。

我從蜜那兒了解到：女孩只要對男孩有了超過好感以上的感情之後，很快就會有驚人的、奉獻性的舉動出現；而真理子的情形也一樣。

有一天早上，我到辦公室一看，發現桌上的鉛筆、橡皮擦，不但全部換上新的，而且連一直使用的公司給的舊算盤，也換成了小副的白木算盤。

（是誰幫我換的？）

我很自然地把視線轉向四周，然後停留在辦公室的角落上正在打字的真理子身上。不用說，她裝得若無其事；可是，縱使臉上裝作若無其事，她的背部已經告訴我了。

（怎麼樣？這個算盤，您喜歡嗎？您知道是誰幫您換的？）

她背上穿著的柔和的乳白色洋裝，似乎和人一樣也有表情和嘴巴似地在對我說著。

「是妳給我換的算盤吧？」

接近中午休息之前，在洗臉室中擦身而過時，我小聲地問她。

「嘻，嘻，怎麼樣？您喜歡嗎？」

真理子兩手按著頭髮，小聲地笑著跑開了。

可是，那天下午真理子的態度，卻又變得很冷淡。臉繃得緊緊的，在走廊擦身而過時，一句話也沒說，裝得工作很忙似地，頭低低的，連一次頭也不回過來。五點鐘下班的時間一到，她急忙地把打字機的罩子蓋上就溜掉了。

這種態度上的變化，本是年輕女孩本能上的變化；可是，那時候的我一方面覺得好嫉妒，另一方面又感到一種無可抗拒的魅力。

（這個妞和蜜完全不一樣！）

她和像小狗般地繞在身旁、跟在後面的蜜完全不同；我對真理子態度上的轉變，既感到新鮮，又覺得具有現代女性的味道。總之，撇開她是社長的親戚這個企圖不說，我可是真的喜歡上她了。

在一個下著雨的黃昏。下班後，我邀她看電影，她想看的是一部英國電影，演的是有夫之婦和醫生之間的畸戀故事。

電影院裡非常擁擠，看來是不可能找到位子了。從站立席一直到門口，全都是觀眾。

「這樣子，根本沒辦法看呀！」

「難道不看要出去嗎？票很可惜呀，滿貴的。」

「人家也……」真理子很惋惜似地嘀咕著，「很想看這部電影呀！」

我咬著指甲想辦法。

「有了！二十分鐘之內保證可以搶到座位。」
「那怎麼可能呢？」
「要是可能的話，怎麼辦呢？」
「我什麼都聽您的。」她笑著。
當然，她說的「什麼」的意思，指的是看完電影後，請喝茶或吃點心之類的。
我拉她到最靠近銀幕的走廊的入口，這裡稍微有一點空隙；她是從人群隙縫中鑽過來的。
「可是還是看不到呀！」
「不是銀幕，注意看座位的通道，我要擠進去那裡；等到我手一舉起來，妳馬上就擠過去。」
於是，我從人群背後先擠過去，踩到不少人的鞋子，不斷有人發出嘖嘖怨言，最後總算擠進座位之間的通道。我在那通道上蹲下來，觀察左右觀眾的動靜。
還不到十分鐘，很幸運地有一個男子從座位上站起來，我迅速地把手中的報紙，丟到那空位上去佔位子，朝著在黑暗中注意著我的真理子舉起手來。
「這傢伙臉皮真厚。」
背後有人說話了，我才不管那麼多，反正佔到位子就是我贏了。這跟在社會上的生存是一樣的，手腳快的人勝利。

「怎麼樣？有位子了吧！」

我請她坐下時小聲地問。

「把我嚇了一跳，您的臉皮可真厚呀！」

「我們約好的，可不能賴皮喲！」

對我來說，看不看電影都無所謂，什麼有夫之婦的戀愛，我才沒那麼大興趣。第一，外國人的戀愛為什麼規矩那麼多？和女人一起吃飯，還要像僕人般一下子又點菸，一下子又要幫女人脫大衣，難道不這麼恭恭敬敬，就不是戀愛了嗎？

跟外國人比較起來，日本人性子就顯得急得多了。電影結束後我們一起走到夜市時，我就迫不及待對真理子說：

「妳的座位可是我花了很大的功夫才搶到的哦！」

「是不是要我道謝呀？」

「不是，這可是妳自己說的呀！要是能搶到座位，什麼都可以答應。」

「是呀！我說好就一定做到，要我請您吃什麼呢？」

「不請我也可以。」我一個字一個字慢慢地說。「讓我吻一下！」

真理子似乎嚇了一跳，注視著我的臉。然後移開視線，低下頭來；再抬起頭來時，注視著前面排列在櫥窗中的鞋子說：

「啊！好漂亮的鞋子！」

「怎麼樣呢？」我緊迫盯人又問。

她也沒回答。

狠狠地說出「讓我吻吧」比說「我喜歡妳」，在心理上是比較容易的。

搭國電（國營電車）送真理子回她住的池袋。在電車中隨著車子晃動的韻律，我附在她的耳旁小聲說：

「有一個厚臉皮的男子。」

「咦？」

「愛上了在電影院裡，佔位子給她坐的那個小姐。」

「……」

「他好喜歡，好喜歡她！」

電車從目黑到澀谷，一直發出咔嗒咔嗒的聲響，那種咔嗒咔嗒的旋律和「好喜歡」的細語，形成極為和諧的調子。

「可是那位小姐呢？」

「……」

「也喜歡他嗎？喜歡嗎？」

我一邊問著，一邊用手指尖輕輕觸碰真理子的側腹部。上完一天班累了的乘客們，有的閉上眼睛，有的看賽馬的報紙，沒有人注意到我和真理子之間的親暱動作。眼前車窗外微醺的小房子裡陰暗的燈下，有一家人正在用寒酸晚餐的影像，一閃而過。

「喜歡嗎？喜歡嗎？喜歡嗎？」

真理子用手指在因人的呼吸而變得模糊的門玻璃上寫著：

「yes」

當她用指尖寫出那三個英文字母的同時，有如飛機飛過在雲層留下的細長波痕般；在我的內心深處，也有一股自尊心的無上喜悅感緩緩升起。

（這個女孩，終於也……）

好像把最好吃的東西留到最後似地，我「咀嚼」著那種愉悅。

就在這時，當電車進入澀谷街道時，道玄坂的夜燈和電影院紅藍相間的霓虹燈，映入正得意洋洋的我的眼中；而道玄坂的後面——被闇黑包圍著的地方，我忘也忘不了。因為那是我第一次擁抱蜜的地方，那旅館，斜坡道，還有包圍著地下鐵轉換線的一帶，都一一「飛」入眼中。

（蜜……）

她的影子，突然像針似地刺入我心中。不知為什麼？或許是和澀谷的大街那種燈火通明相比較，只有那一個角落，在我眼中看來是黑暗的、寂寞的、悲傷的；不知為什麼？或許我內心某處把那看來是黑暗的、寂寞的、悲傷的東西，和森田蜜重疊在一起。不知為什麼？或許是當我在工作、戀愛上都很順利的時候，那個女孩把十字架留在土耳其浴場裡，人卻消失了。

電車抵達澀谷車站，座位上的幾個人爭先恐後地下車；而月台上又有為每天的生計奔波忙碌、弄得滿臉倦態的人群湧上車來。車門發出「吱吱」聲的同時關上了，眼前又浮現出曾在同一月台上追趕電車的蜜的臉。

「吉岡先生，您累了嗎？」

真理子把身體靠過來，小聲地問。

「您真是怪人，怎麼突然之間又不說話了？」

「咦？妳一點也不累嗎？」

「您怎麼有時候會突然出現寂寞的臉色？」

「別開玩笑了！我才不是那種多愁善感的人，我最討厭多愁善感！」

雖然我們不想公開，可是公司的同事，尤其是敏感的女同事，已逐漸察覺到我們之間不尋常的關係。公司裡還不知道的，大概只剩下社長和兩位經理了吧！

剛開始時，男同事們常會對我和真理子，做出一些隱含惡作劇的諷刺舉動。休息時，大家圍著某位同事的桌旁閒聊；一看到我走過來，馬上就停止談話。不用說，準是大家把我當話題在討論。

有時候（當然是真理子不在辦公室時），他們也會故意說些閒話。

「他們可能已經 kiss 過了吧！」

「那是當然的，搞不好連……」

然後，是一陣笑聲傳入耳中。

（好，你們既然如此，我也會反擊的。）我心中思量著。

不管在辦公室或外面，我都明顯地擺出真理子是我女朋友的姿態；剛開始時有些不服氣的傢伙，後來也都默認了。尤其，真理子是社長親戚的關係，或許他們也覺得博取我的好感將來比較有利吧！沒過多久就再也沒有人閒言冷語了。

不過，滿懷好奇心觀察我們的這一點，倒是沒變。

（他們可能已經 kiss 過了吧！）

其實我和真理子連一次都沒接吻過，這是事實。

我內心裡是否尊重真理子？而瞧不起蜜？我認為奪取蜜的身體是應該的，可是又為什麼那麼珍惜真理子的嘴唇和純潔呢？

當然，理由之一是不想失去她對我的信任，的確有這種心理存在。要是失去了她的信任，而導致我們的戀愛破裂，這樣子不但會成為同事之間的笑柄，而且不久之後，公司的經理也一定會以奇異的眼光看我。

可是，我是年輕、正常的男人，和真理子走在一起時，也會有想用手撫摸她的身體，臉靠近她的衝動產生。在咖啡廳裡，兩人不經意地膝蓋碰在一起時，她那柔軟且溫暖的體溫，透過膝蓋傳達到我的身上來；還有在電車中，她的身體突然靠過來的瞬間，她那髮香，還有像皮球似的胸部常常會碰到我的臉和手。

我一直忍耐著，想想自己也算是很努力地克制自己了。

「吉岡先生，我這麼說是不太禮貌的，不過您真的是很單純！」有一個下雨天，真理子在咖啡廳裡很誠懇地說。

「是嗎？」

「我喜歡這樣的人。因此，在您身邊，即使是深夜，我也很放心。」

「我也是正常的男人。不過，馬克思說：戀愛中不能超越的就一定不能越雷池一步。我一直把他的話當格言，而且忠實地奉行著。」

「您好偉大呀！您常能汲取馬克思話中的菁華。」

「是嗎？我可沒那麼偉大。不過，馬克思的著作，我倒是念得很熟……」

其實，我對真理子也存有祕密。我和真理子交往之後，曾去「赤線」嫖了兩三次妓。因為從真理子身上燃起的肉慾的衝動，非找個地方發洩不行；我也認為由她那兒引起的慾望，可以從街上女人的肉體上得到滿足。

有了情人，不去碰情人的肉體；反而在妓女身上尋求肉慾的發洩，我不認為這種心理是矛盾的，更不認為自己背叛了真理子。我沒把這事對真理子說，因為像她那樣的女孩，是根本無法了解年輕男人的生理需求，恐怕反而會讓她誤解我是骯髒的。不！在我的心中，把女人歸納成兩類：在A種女人身上不能做的事，可以毫不在乎地在B種女人身上做；而三浦真理子是列入A種的女人，至於在街上賣春的女人和森田蜜，則被我列為B種的女人。

某天，下著細雨的日子，我送真理子到池袋之後，忍受不了那股衝動，於是搭上電車。那天真理子上衣穿的是尼龍質料，胸前的突出物，透過那乳白色的半透明布料，在我們一起閒逛時，相當困擾著我。在咖啡廳中，她用自己的右手揉著肩部。

「好累呀！今天打了一天的字。」

然後以試探的眼神對我說：

「喂！您要是結了婚，會不會幫太太揉肩膀？」

「當然會！可是，誰是我的太太呢？」

「是呀！我也不知道。可能是誰呢？」

那時，她那突然發亮的眼睛，還有故意裝迷糊的聲音，使我充分感受到少女的嬌媚。我忽然覺得胸口好難受，於是低下頭來；外邊像霧般的細雨下著，或許這和咖啡廳中客人從外面帶來的濕氣，和身上的熱氣所造成的膠黏、刺激性的氣氛有關吧！我低下頭來，視線停在她穿著雨鞋的腳上，然後幻想著她那被絲襪包裹著的豐腴的小腿和膝蓋；還有裙子底下的大腿。

那影像，一直到我搭上電車之後，仍然十分鮮明。

（呸！想要堅守馬克思的信念，也不是那麼簡單的事！）

電車到達新宿時，為了要驅除這影像，我突然決定下車，想在哪兒的小攤子喝一杯燒酒。

在西入口的人行道旁的小攤子上，喝了一杯廉價的紫色「葡萄加水酒」後，外面的濕氣加上體內的熱氣，反而產生一股異樣的感覺。潮濕性的微溫，是青年的生理最無法抗拒的刺激。

於是我走到曾經去過的土耳其浴場附近。當走過土耳其浴場前面時，很意外地頭已暈醉了的心裡，對森田蜜的存在已不再感到痛苦了。

再過一條大街就是「赤線」了。在毛毛細雨中，彷彿電影裡常見的道路，筆直地向前延伸下去：路的兩旁像舊餅乾盒子似的房子，一戶緊挨著一戶。每一戶的門邊，都站著兩個女人在招呼客人，雨沾濕了她們的雙頰。

「先生，請進來坐呀！」

對於聲音沙啞的女人還是避開為妙，因為那可能是由於疾病的關係使喉嚨壞了；而對於脖子上綁著繃帶或貼著白膠布的，也都敬謝不敏。

「好傻呀！真像佐田啟二！」

有一個臉和身體都很瘦的女人，在雨中跑出來拉著我的手，想把我硬拉到門口。我說：

「喂！喂！妳不要亂來呀！」

「我偏要！你要是想逃走，我會把你的西裝撕破！」

我的鞋子被脫下來，從背後硬被往裡面推，其實我也是半推半就的——我和女人登上二樓的小房間，這房間只有六帖大，裡面有鏡台和茶器櫥；由於對面霓虹燈的反射，窗子略呈暗紅色。對了！那裡是土耳其浴場，是蜜工作過的土耳其浴場。在這樣的夜晚，她是否也眺望著映在夜空中的霓虹燈呢？

這次我懷裡抱著女人時，並沒想到真理子。男人的心理和女人不同，年輕的男人很容易把生理和心理分開來；女人只會對自己喜歡的人產生肉體上的情慾，可是男人卻可以把戀愛和肉慾的對象分開來。真理子是真理子，而這個女人是這個女人。

女人的乳房很小。夜越來越深了，聽到了窗下的喇叭聲，還有醉客走過時哼著的歌兒，沒多久又恢復了寧靜。女人的小乳房握在我的手裡，嘴巴張得大大地睡著了，嘴裡的呼吸臭臭的，臉上看來似乎極為疲倦。

第二天清晨，陽光從木板的套窗浅入，女人還沒醒過來，我嘴裡叼著香菸，打開窗戶。看到對面窗戶上，有個女人正在曬棉被，昨晚過夜的客人似乎已經走了。女人的頭上戴了許多像金屬零件的髮捲，看到我時嗤然一笑，滿口金牙在朝陽中發出亮光。

「喂！我走了。」

「要走了？這麼早呀！」

陪我睡的女人邊搔著露在睡袍外的細小手腕；有一隻木屐不知踢到哪兒？就只趿拽著另

一只木屐，一直送我到樓梯的最下一階。

也不知怎的，這兒一切看來都很髒；那女人，還有這一家店，甚至路上的一切，看來也都髒兮兮的。心想：早點走出這裡到大街去，還趕得上公司的上班時間吧！

「喂！」

不知是誰在背後叫我，回過頭來一看，是公司裡姓大野的男同事。

「欸？吉岡先生！您也會到這種地方來呀？」

大野歪向一旁的厚嘴唇上，浮現出諷刺的微笑。

「您不怕嗎？要是讓真理子知道也沒關係嗎？」

我沒作聲……

7

我的手記（六）

一整天，面對著辦公室的桌子，體內好像有針在扎著。

三浦真理子和我之間的事，不但辦公室的同事全都知道了；而我們早晚會結婚，這也是公司裡公開的祕密。真理子是社長的姪女，有一天我也有可能成為這家公司的幹部，因此招徠大家的羨慕與嫉妒。

因此，我昨晚在新宿「赤線」嫖妓的事，要是從大野的口中傳開來，會有什麼後果？毫無疑問地，女同事們會認為我是背叛了情人去嫖妓的骯髒男人；而且還不只是這麼認為就罷了，對真理子也一定會投以同性之間的厭惡眼光。

「喂，真理子一直被蒙在鼓裡，你可真是好運氣呀！」

休息時間，在洗手間和走廊上的嘰嘰喳喳交談聲，似乎是故意要讓我聽到。

男同事之間或許會這麼說吧！

「那傢伙還沒弄到手！」

「是呀！所以才……」

我從桌上抬起頭來偷瞄真理子，不錯，看樣子大野似乎還沒把那件事告訴她，跟平常一樣，低著頭很認真地打著字；或許是初夏的熱氣，她的臉上出了一些汗。

大野嘴裡咬著鉛筆，手撥弄著算盤，打完後不知在便條紙上寫些什麼；突然從口袋裡拿出火柴盒，用火柴棒掏起耳屎來了，然後又慢條斯理地塗到便條紙上。

（好髒的傢伙！）我心裡嘀咕著。

當然，他不可能聽到我內心的嘀咕，就那麼巧，這時他忽然抬起頭來，和我的視線相接觸。突然，在他那白皙的狡猾臉上，浮現出輕蔑的微笑；在那輕蔑的笑容中，他故意讓我知道似地，緩緩把視線轉移到真理子身上。

很顯然地，他是想藉這個動作告訴我，暗示著今天早上發生的事；也告訴我真理子會不會知道那件事，全操縱在他的手中。

事情並不是那樣就了結，那天中午休息時，棘手的事終於到來了。

「喂！吉岡先生！」

從洗手間洗完手走出走廊時，大野臉上浮現出慣有的輕蔑微笑靠近我。

「想麻煩你一點事。」

「什麼事？」

我把臉繃得緊緊的，擺出拳擊手的姿勢。

「我呀！打麻將，手頭上有點緊，能不能借我一些？」

「金錢……我一向沒錢，何況現在又是月底。」

「咦？那怎麼又有錢去『赤線』？」大野盯著我的臉，一個字一個字緩慢地說。

「或者，你想辯說那是向情人借的？要是這樣，我就要向三浦小姐查證一下喲！」

「你想要多少？」

我的聲音因為生氣和屈辱都發抖了。

「三千圓……不，兩千圓就夠了。」

「好，明天拿給你。」

「明天？你今天沒帶著？好吧，那也沒辦法。那麼，明天可別忘了喲！」

大野擺出跟我要錢是理所當然的臉色，口中哼著流行歌曲，從走廊中消失了。

事實上，現在已是月底，我口袋裡連千圓都不到。去張羅的話，也不是不可能，但是大野所說的去向真理子告貸的這番話，卻大大地傷害到我的自尊心；最起碼我還不希望在真理子面前，露出自己的醜態。

下午我在辦公室裡，結果一整天心情都很鬱悶。回到住處後，坐在窗旁，呆望著白鐵屋頂上的暮靄；心裡盤算著，自己今後應該採取什麼樣的態度。

以後不能再去「赤線」那種地方了，太大意了！這是自己的疏忽。以後絕不能讓大野再利用人性的弱點，這次借給他兩千圓，說不定下次認為我好欺負，還要糾纏不休。他會把我看成什麼呢？心裡一想到大野，頭和身體就像喝過酒似地，突然熱起來，滿肚子是氣。

可是，今後要是不去「赤線」，又要如何解決年輕人的慾望呢？乾脆向真理子明講？不！不！那樣一來，萬一被她看輕，不就全都完了。社長吉村先生和經理片岡先生，會用什麼樣的眼光看我呢？這是很容易想像得到的；那麼，怎麼辦才好呢？

突然，我的心裡又浮現出那張，看到人就傻笑的蜜的臉。或許她還喜歡我也說不定，要是這樣，以後就可不用再去「赤線」，拿她來代替就行了。短短的腿，圓滾滾的胴體，反正跟「赤線」的女人差不多。

想到這裡，悶了一整天的心情，稍微紓解了一些。

我換上西裝，走出住處，搭都電（東京都電車）準備前往已經好久沒去，位在神田神保町的金先生的斯旺興業社。就像學生時代每次缺錢用時，就去找金先生要打工一樣；這次是為了明天的兩千圖，想向金先生告貸。

還記得第一次到斯旺興業社，是兩年前秋天的一個黃昏：灰色的暮靄，籠罩著未受戰火洗禮的、盈盈一握的一小片地方。小孩子在小路上拍著球，不知哪家燒著炭爐，淡淡的灰煙裊裊上升；拉洋片的老伯伯踩著舊腳踏車，發出吱吱聲，從我的後面趕過去。是的，那時候，我比現在更窮，常餓著肚子。

金先生的影子，在玻璃門後晃動著。身上仍然穿著像是二三流的電影演員所穿的西裝，正和一位穿著背後印有商店名號的和服短褂，看來像是糕餅師傅的男人交談著。

我打開玻璃門，輕輕地叫了一聲。

「金先生！」

他回過頭來，很高興似地，臉上笑咪咪的。

「噢！是你呀！」

「好久不見。」

「哈哈哈……你看來精神還不錯，臉色也很好。看你穿的西裝就知道是賺了錢，也填飽肚子了。」

「不！」我無力地搖搖頭，「沒這回事！而且，今天還是為了錢來的。」

「做什麼呢？哈哈……是用在女人身上？」

「不……不是的。要是方便的話，我想向您借兩千圓。」

金先生對別人怎麼樣姑且不談，對我倒是很親切。他的心裡是否也意識著——自己現在照顧的，是個年輕的日本人呢！他很喜歡用簡單的日語對我說教，而我對他也有一種特別的親切感。

我保證下個月發薪日還他兩千圓，金先生很樂意地，從褲袋裡拿出錢來借我。

「我呀！要在川崎蓋大的辦公室，要把這裡賣掉搬過去。」

他很得意似地說。要擴大自己的事業，在川崎開一家彈珠店，二樓還要做斯旺興業社的辦公室。

「川崎？」

「是的，因為有許多韓國人在那兒工作。有人在那邊開酒吧，也有人開土耳其浴場，大家都做得很成功；而日本人就不行了，沒志氣！」

土耳其浴場和川崎的市名，喚醒了我的記憶。我抽著金先生給的香菸，想起了蜜。對了……照新宿那位土耳其浴場的小姐所說的，蜜應該在川崎。

「金先生，我還有一件事想拜託您。」

「什麼事？又是錢嗎？」

「不是的。我想找一個人，一個名叫作森田蜜的女孩。」

金先生躲在眼鏡後的眼睛，發出狡猾的亮光。

「哈哈哈！」

他伸出一隻小拇指，

「哈哈哈……是這個吧！」

這次我以微笑代替了否定的回答，這樣子較方便。

「那個女孩住在哪裡呢？」

「不知道。我想可能在土耳其浴場，或者是彈珠店，或者是像金先生的朋友所開的那種店裡工作吧？所以這是不著邊際的話。」

「嗯！」這次金先生有點喪氣似地，瞪著我的手腕說，「這很困難呀！」

我正想離開的時候，他突然叫住我，伸出一隻手來，

「抵押品！」

「什麼抵押品？」

「是抵押品。我借你兩千圓沒有抵押品是不行的。還錢的時候，抵押品再還給你。」

「金先生，你這樣太過分了！您不相信我這個人？」

「日本人是行不通的，契約是契約；比起人，我更相信的是錢。」

金先生毫不客氣地，拿了我戴在手腕的手錶，雖然那只是個廉價的國產品。

大野一邊打量著周邊，飛快地把那兩千圓放入口袋裡，然後露出卑屈的微笑。

「對不起哦！」

「只有這次，下不為例。」

「我知道，不用再叮嚀我也清楚。」

「或許你會覺得我囉嗦，不過我再說一遍，我討厭向人借錢，但也不喜歡把錢借給人。」

「唉呀！不要說那麼難聽的話嘛！」

從窗外洩入的陽光，照在大野的臉上，他的臉狡猾且下流地歪曲著。這一關總算擺平了，可是對方今後會再耍出什麼花招來呢？仍然令我感到不安。

回到辦公室，真理子看到我，停下手上的打字微笑著，周遭的同事也沒有什麼異樣的表情。看來大野到目前為止，似乎還沒把那個祕密給抖出來。

其實這也是那兩千圓的作用。那兩千圓我並不要他還，讓他經常有向我借了錢的心理負擔，而且這樣還可以封住他的嘴；但是一想到下個月，要用薪水去向金先生換回手錶，也真令人心疼的，只得把它想成是花錢消災——用堵嘴錢買來的。

嘴裡一直說著契約、契約的金先生，也的確是遵守約定的男人。

那天，他的回答雖是意興闌珊，可是兩星期之後，他卻為著蜜的事給了我一通電話。

「這個……很難，不過總算查到了。」

「這個是……」

「混蛋！這個，指的是女人，女人呀！」

「啊！女人呀！」

當我發現真理子和同事們，偷偷地用斜眼往這邊瞧時，我趕緊把聲音壓低。金先生說，同是韓國人、經營著彈珠店的朋友，曾雇用過名叫森田蜜的小姐，但是她現在已不在店裡，被解雇了。

「為什麼被解雇了？」

「偷了店裡的錢。」

「蜜偷了錢？」

我握著聽筒呆了一陣子，那個傻女孩當小偷？那麼好心腸的人，怎麼會去偷錢呢？

金先生只知道這一些，他說到了川崎之後，會介紹我認識他那開彈珠店的朋友。

「你來嗎？」

「好，那麼我晚上就去。」

我放下聽筒，擦擦汗，沒有人知道這通電話的祕密。真理子仍然坐在桌前低著頭在打字，大野邊用火柴棒掏耳屎，邊看著公文。蜜怎麼會偷錢呢？我感到好奇和有興趣：她慢吞吞的，猶豫不決地偷店裡的錢的那副模樣，好像就在眼前。

（傻女孩！）我自言自語著。（傻女孩！）

人生當中，有人只因為心腸好，故意從斜坡路上滾下來；也有那手腳笨拙，不得要領，得失觀念不清的人。而蜜就是那樣的一個人。

下午工作結束時，真理子蓋上打字機的罩子，把手放在頭髮上對著我微笑；這是我們兩人之間的暗號：表示今晚要上哪兒的意思。

我搖搖頭，後來一想這是個大錯誤；不過，即使那天晚上陪她，說不定事情仍然遲早會到來的。

川崎車站前面的廣場，籠罩在夕陽餘暉中。迎著從剪票口蜂擁出來的人群，我心想或許蜜會夾在人群當中？白天還是大晴天，現在卻已陰暗下來的天空，讓人覺得或許待會兒會下雨。

我很快就找到新的斯旺興業社，在一樓剛開幕的彈珠店前，排列著幾個祝賀的花圈。許是連彈式的新機器，吸引了人們的興趣；在日光燈的照明下，許多男女客人，邊聽著店內播放的流行歌曲，邊打著彈珠。我對那首流行歌曲很耳熟。

那天我拋棄了的女人

現在在哪裡呢
現在做什麼呢

金先生精神奕奕地，穿梭在流行歌曲和客人之間，提醒給獎品的小姐們應該注意的地方，一看到我就笑著走過來。

那天我拋棄了的女人
現在在哪裡呢
現在做什麼呢

「你愛上那個小姐？」
「胡扯！」
「要不然怎麼馬上就過來？哈哈，看你的臉都紅了，還很嫩呀！」
「算了！別胡扯了，您的朋友現在在哪裡呢？」
「朋友的店就在附近，要去看看嗎？我已經跟他說好了，我們馬上去吧！」
同樣是彈珠店，可是那裡卻燈光陰暗，彈珠台也舊了，只有少數幾個客人。
我掏出二十圓買了一把珠子，站在彈簧已鬆了的台子前，手指機械似地動著。疲乏無力的珠子碰到彎曲的釘子被彈回去，然後就像人生的落伍者一般，往下面的洞裡消失了。眼看著那些可憐的珠子，心想這彷彿就是人生呀！

「喂！那機器……」

一個戴著眼鏡的小姐，嘴裡含著酸漿果形的玩具，從台子後面小聲地對我說。

「打這台不划算。那一台，珠子比較容易出來。」

「太謝謝妳了。可是，妳告訴客人，店裡不就吃虧了嗎？」

「沒關係。吃虧又不關我的事。」

「請問妳，叫森田蜜的小姐在這裡嗎？」

當我好像背書似地，緩緩說出這名字時，跟兩個月前在土耳其浴場中的女郎一樣，眼前的這個小姐，也突然悸動了一下，然後直瞪著我看。

「你認識阿蜜？」

「認識呀！聽說她辭掉工作了，是因為偷了店裡的錢？」

「不是偷呀！」她很生氣似地聳聳肩。「她是幫助……馬場先生的呀！」

「欸欸！到底是怎麼一回事？看來事情還有點複雜呢！」

戴著眼鏡的小姐，腳上穿著木屐從彈珠台中間出現了。嘴裡邊吹著酸漿果形的玩具，環顧四周後說：

「唉呀！我們的經理很小氣。馬場先生跟患了骨疽的哥哥住在一起，要吃藥，又要看醫生；預支了幾次薪水後，馬場先生從經理那兒就借不到錢了，所以最後才會不吭聲地拿了店裡的錢啦！」

「後來被發現了？」

「是呀！不過，那時的阿蜜因為自己是一個人生活，就替馬場把責任頂了下來，向經理說是她拿的……」

「被帶到警察局了嗎？」

「經理也幹過不少的壞事……所以也不希望她被公開審判，不是嗎？」

「那麼是還了錢？」

「阿蜜照經理的話，到酒吧上班，抵掉那一筆錢。」

「她偶爾會來這裡嗎？」

「只來過一次。我也好想去看看她，只是……那地方是低級的酒吧，女孩子不方便去的。」

外頭開始下起毛毛細雨。年輕男人慌忙把擺在路邊的腳踏車牽到屋簷下來，然後吹著口哨走過來。

問清楚酒吧的名字和地址之後，我走出了那家彈珠店。雨像細針似地打在脖子上和臉上，本想向金先生告辭，但是在燈光明亮的店中看不到他的影子。那首流行歌曲在「雜拉、雜拉」的彈珠聲中，仍繼續播放著。

從製藥工廠到土耳其浴場，從土耳其浴場再到彈珠店店員，最後，她淪落到「低級酒吧」上班！

我不知道

現在她在做什麼

不過……

那首歌好像在追趕著我，又讓我聽到了。我真的不知道她如何生活下去？當男人知道曾和自己睡過一覺的女人，正慢慢地向人生的底層滑落下去時，仍然會產生一種類似感傷的心情。

是的，我那時候，就無來由地有這種感覺；在這之前，我從未真正考慮過她的人生。在臉頰和脖子都被毛毛雨淋濕的雨中，我咬著手指頭思索著她的人生；就像彈珠碰到釘子，被彈回去又逐漸掉下去似地。她也墮落了。為什麼不能像我一樣，學得聰明點過日子呢？連別人犯的罪都要頂下來，這不是故意把自己的命運弄砸嗎？那張笨拙的嘴，還有那副「好心腸」，我只說我患過小兒麻痺，身體不方便時，就把一切都獻給我。她那種樣子，實在是無可救藥了！

在被雨淋濕了的小路兩旁，有只有表面是用水泥和油漆塗著的酒吧林立著；店名都是一些用片假名寫的——不是「鈴蘭」就是「茉麗」等隨處可見的花名。路上連個客人的影子也沒有，聽到我的腳步聲，把門打開了一些，有個女人探出頭來。

「請進來呀！」

這裡跟新宿的「赤線」一模一樣，裡面說不定也和新宿的「赤線」做著同樣的事。

「喂！很便宜喲！」

從開著的門縫裡，傳出男的沙啞聲音。

「什麼東西嘛！臉像豬一樣，服務又不好！」

我停在蜜上班的「番紅花」店前，黑暗中有女人招呼著。

「先生！請進來喝啤酒！」

「要是阿蜜在的話。」

「阿蜜？」

「是的。」

「這裡沒有那樣的小姐呀！我代替阿蜜為您服務，怎麼樣嘛？好嘛！」

「是名叫森田蜜的！」

「什麼？原來是咲子呀！」

蜜在這家店裡，似乎是用咲子這名字工作。

「要是咲子，她休息了。」

「休息？是生病嗎？」

「今天到醫院去了。」

「是什麼病？」

「不知道，可能是長什麼腫瘡治療去了。咲子不在也沒有關係呀！進來嘛！」

「我叫吉岡。」我把寫著自己的名字和地址的紙條交給她，「請妳轉達給她，說吉岡來找過她了。」

知道我不進去之後，女人在背後罵了些難聽的話。

（她……生病了？）

我感到十分疲倦，不知為什麼？不只是身體，連精神都感到疲憊不堪。一隻被雨淋濕的狗，蹣跚地橫過街道。

那一瞬間，突然產生有人在耳畔說話的錯覺。即使到現在，我仍覺得很奇怪，為什麼在那瞬間，會聽到那聲音呢？

（你那天要是沒遇到她，說不定那個女孩，現在還過著平凡但是幸福的人生！）

（那不是我的責任呀！）我搖搖頭。（要是對每一件事都那麼在意的話，我不就不能和人認識了嗎？不就沒辦法過日子了嗎？）

（話雖這麼說，可是人生是複雜的，因此你不可以忘記：人和人之間的交往，一定會在他人的人生當中，留下無法磨滅的痕跡。）

我搖搖頭，淋濕了的身體仍然在雨中繼續走著。如同在澀谷的那一晚，對像小狗般跟過來的蜜，連正眼也不瞧一眼，直往車站走去……。

可是，第二天雨停了，陽光普照。我和蜜的事，還有因她而起的沒來由的悲傷情緒，也消失得一乾二淨了。

對了，工作。初夏晴朗的天空，已有耀眼的陽光好像在對我說：你和那些在人生當中，像小石子般掉下的女人們，是沒有任何關係的。

我在公司裡比往常更起勁地工作著。無論是誰，就連那個大野，我也不記仇和他交談；做事乾淨俐落，打電話聯絡客戶，常找吉村經理在公文上蓋章。

「昨天晚上，去哪兒了？」

中午休息時刻，和真理子並肩坐在明亮的人行道旁的椅子上時，她問我。街樹的銀杏，充分吸收了六月梅雨的水分，葉子呈現深綠色。

「我，是不是很沒意思？」

「對不起！」我對真理子一向是很溫柔的。

「昨天晚上有點事，是推也推不掉的事。」

「我一個人無聊，跑到以前上班的地方去了。」

「以前……上班的地方？」

「我記得曾和您提過，我來伯父公司之前，抱著見習的心理，曾在經堂的製藥公司待了一陣。那公司實在又小又髒，所以沒多久就辭掉了。」

「哦……」

我若無其事地應了聲哦，其實我的聲音在發抖。

「昨天，很有趣吧？」

「認識的人不多了，以前在那兒工作時還有兩位女同事，不過現在都已經辭職了……」

她很自然地對我談著她的過去，那說話的神態，透露出她已深深愛我、信任我了；可是，那些話卻像針般深深地刺入我心深處。

「要不要去洛奇西聽爵士樂？」

我想趕快轉移話題，可是真理子似乎沒覺察到。

「是誰在那兒唱歌呢？」

「啊……不行呀！我忘了……今天口袋空空如也。」

「騙人！您昨天是不是瞞著我喝酒去了？結婚之後，要是還幹那種事，我可不饒您！算了，我請您喝茶好了。」

最後，我們到銀座的銀巴里聽爵士樂。那裡可以邊喝茶，邊聽年輕的歌手唱香頌①。

兩天，三天……從那次之後，大野沒再威脅我。

我自認一切都處理得很妥當，過了一星期，從公司回到住處時，發現公寓入口的信箱中，有一張明信片。

那是很眼熟的蜜的字，寫得很小孩般的幼稚。

「您好嗎？前些日子聽說您到店裡來，我真的嚇了一跳。請不要生氣！不過，以後請不要再來看我，我是情不得已的，從好久以前身體就不好……」

信裡還是一樣錯字連篇，不過，字裡行間和以往不同；充滿了寂寞、哀傷的氣氛！

第二天晚上，我從川崎車站打電話約蜜出來。已經好久不見了，對她我並非全無同情心和好奇心。當然啦！我也有以她代替新宿的女人的那種自私心理，事實上這種衝動非常強烈。

我還記得，那天晚上和上一次一樣，也是下著毛毛雨。

在靠近車站的「洛基」咖啡廳中，我抽著菸等她。剛領了薪水，所以口袋裡飽飽的。

不只是口袋，連心也都變得寬厚了；內心還打算著：看情形給生病的蜜一點零用錢，請她吃點熱東西；這樣或許可以稍微彌補我對她的愧疚。

---

① 譯註：Chan Son，法國歌曲。

等了二十分鐘，蜜還沒來。剛才在電話中，她似乎很悲傷地直說不能再見面，最後還是我硬要她答應。自從澀谷的那一晚之後，我已經知道怎麼做會讓她心軟，她的個性就是看不得別人的痛苦和孤獨。可是，現在已經等了快半小時了，怎麼還不見她在門口出現呢？

（這傢伙甚至連我都討厭了！）

人都有個性的，好，我等到四十分鐘，要是她還不來，我也不等了。

就在這時，一個小小的身影，映在咖啡廳的門上。她的頭髮和臉都被雨淋濕了，像是被丟棄的貓似地，看來髒髒的，手裡還拿著一把舊雨傘，茫然地站著。沒穿雨衣，腳上穿著木屐的蜜，頭髮仍跟以前一樣梳成三條辮子。

她一直注視著我，好像要透視我似地。啊！這眼神我好熟悉，那是在澀谷車站的月台上，當車門關上，她邊跑邊從開動了的電車中，拚命尋找我的那種眼神！

「妳還好嗎？」

「……」

「前一陣子，我去找過妳喲！」

走過來詢問還要點什麼東西的服務生，眼睛睜得大大地，直往蜜身上瞧。咖啡送來之後，蜜仍然低著頭，也不喝咖啡。

「怎麼了？我是想念妳才去看妳的喲！」

「……」

「妳以後不想跟我來往了？跟我交往吧！就像以前那樣子，不是很有趣嗎？還記得嗎？我們在澀谷有歌唱的小酒吧裡，看相的老伯伯走過來怎麼了？真的不想再跟我交往了？」

「……」

「妳討厭我了？」

這時，她第一次抬起頭來注視著我。

「是吧？」

「不是的呀！不是的。」

她扭曲的臉上，半哭泣著，像抽噎似地說。

「我喜歡您呀！」

「既然喜歡我，為什麼不願意和我來往呢？」

「不是，我……」

「是因為在那種地方上班的關係？不要緊的，我不會在意的。」

「我……生了病呀！」

我好不容易才察覺到她的臉色很差。

「生病？是什麼病？不會是肺病吧？」

「不是。手上的腫起物去看過醫生了……」

「嗯！」

「醫生說還要做進一步檢查，所以我後天要去御殿場。」

「御殿場？」

「那裡……有醫院。」蜜的眼睛眨了一下，沒再說下去。

我突然想起那天黃昏，和真理子去山中湖，從回程的遊覽車內遠眺的醫院——那藏在樹林裡，好孤獨的醫院，是痲瘋病的療養所。

「難道妳……」

蜜慌忙地用手掩住臉……哭泣著。

8

手腕上的痣（二）

蜜在和吉岡見面的四天之前，去過大學醫院，那天也和跟吉岡見面的傍晚一樣，下著毛毛細雨。

大約從一個月之前開始，手上的痣不知怎的逐漸變大，大到約有十圓硬幣般大小；用手壓它、摸它，既不痛也不癢。可是，雖然如此，那腫起物的厚度和寬度都比以往大多了。

「這是什麼東西？真令人討厭！」

有一天晚上，中年男人邊玩弄著蜜的一隻手邊喝著啤酒，突然間他看到了那顆痣。

「是長出來的？」

那個中年男人，是在川崎開木屐店的老闆，酒品很差，別的女服務生都討厭他；不知為什麼，他只對蜜一個人客氣。

「這種東西我是無所謂，不過要是不治療的話，其他客人會討厭的。」

「也擦過藥膏，就是好不了。」

「成藥是沒用的呀！是不行的。」那個中年客人把蜜的手朝向電燈，瞇著眼好像在看遠處的東西似地。

「就算是皮膚病，也不能不去醫院看呀！」

在酒吧的紅色燈光下，黑褐色看起來更深、更濃，四周的皮膚好像蝸牛爬過似的，還發出亮光呢！

中年男人走後，另一位名叫多田的客人也來了：兩個月前他太太離家出走，因此每到店裡來就直發牢騷。店裡的女服務生都看不起這個瘦瘦乾乾、膚色不良的公司小職員，只有蜜理會他。他的不幸遭遇，蜜已聽得都快能背出來了；不過，蜜每次聽他說時，仍然覺得他好可憐，很同情他。

多田也發現到蜜手上黑褐色的痣，他好像看到什麼可怕的、骯髒的東西似地，馬上移開他的身體。

「不……不是那個吧？」

「那個是什麼呢？」

宛如被花生丟到的小鳥般，毫不知情的蜜呆呆地問。

「那個就是……有『梅』字的病呀！」

櫃台上的女服務生們哄然大笑，可是蜜仍然沒有什麼特別的反應。

「阿蜜，還是去看看醫生的好，剛才木屐店的老闆不也說了嗎？」

用牙籤剔著牙的，名叫良江的女服務生說。

「可是，不痛也不癢呀！」

「或許妳不在意，可是，我們要是被傳染到就麻煩了。」

蜜臉紅紅地低下頭，用腳蹭著地板。

第二天，她到附近的白井醫院去，這是位在楠木當舖旁邊的小醫院，招牌上列著內科、小兒科、性病科、皮膚科等許多診療科目。

因為天氣很悶熱，禿頭且肥胖的醫生，在白色的診療服下只穿著一件內衣。上了玄關後，有一間四帖半大小的候診室；泛黃的舊雜誌和小孩的畫冊，散得滿地都是。在輪到自己之前，蜜替先來的一位婦人看小孩，那婦人輕咳著說：

「真對不起，能不能幫我看一下？」

說完就走進診療室。那男孩大約五歲左右，臉上還掛著鼻涕，一直瞪著蜜的臉看。

「小男孩，你叫什麼名字？」

「我叫阿努。」

蜜心想：啊！和吉岡的名字一樣。不知吉岡是否已經知道自己來到川崎這兒？好想見見他，即使只是一次也好。

「乖乖！乖乖地等喲！媽媽馬上就出來了。」

不知不覺地，她竟用故鄉的話哄起這個小男孩；乖乖！乖乖地等喲！這是蜜對吉岡的態度。不只是吉岡，其實對所有她認識的人，蜜的態度都是這樣。

「媽媽呢？」

「馬上就出來了……」

醫生送乾咳著的母親走出診療室。

「不照X光是不行的，因為聽到裡面有水泡聲，要不然就聯絡保健所……下一位。」

在充滿體臭和消毒藥水的昏暗診療室裡，醫生一直注視著蜜黑褐色的痣；蜜聞到窗外向日葵的花香，也聽到了剛才那個小男孩的哭泣聲。

「什麼時候開始有的……」

「大約兩年前，不過沒什麼異樣，既不痛也不癢。」

蜜想儘量把病情說得輕一些，這樣子可以消除自己內心的不安；可是，醫生默默地不知在病歷卡上寫些什麼？

「醫生，可以治得好嗎？」

「嗯！」醫生用甲酚（消毒藥水）洗手後，像酒醉了的眼神凝視著蜜，不知為什麼他的臉上淌著汗。「明天到大學醫院，去做血液檢查看看。」

「血液檢查？」

「只抽取一點點血而已，那樣子比較正確。當然，這沒什麼，我想不會是什麼惡性的，不過還是謹慎一些好。」

最後的一句話讓蜜放下心來，只要不是惡性的就好了。醫生沒給藥，蜜在回程中買了繃帶，她想用繃帶把痣掩飾起來。

醫生嘴裡儘管說沒什麼。可是，第二天晚上卻打電話到店裡來，問蜜是不是去了大學醫院？他已經跟院裡的田島醫生聯絡過了，去了馬上就可以接受診療，這次是強迫性的語氣。

第二天下著毛毛雨。穿著睡衣的患者們，從被雨淋濕後有水氣的窗中，很無聊地往下看走在病棟之間的外來患者和訪客。在寫著皮膚科的診療室的走廊上，很多人在椅子上低著頭等著；其中，有一個男人，整個臉用白色繃帶包著。

蜜從沒來過這樣的地方。櫃台的人要蜜在走廊上等，是不是弄錯了地方？會不會有什麼麻煩？內心感到陣陣的不安。

「欸……這邊是哪裡呢？」

蜜把從櫃台上領的表格，給經過的護士不知看過多少遍；之後，又往角落的椅子坐下，繼續用鞋子弄出「咔嗒、咔嗒」的聲響。眼睛環視著周遭的環境，一有尿意馬上就跑化粧室，已經上了好幾次廁所，還是想去。

「高木先生、戶川先生、丸山小姐。」

護士按照掛號的順序叫患者，還沒叫到森田蜜。

「我是森田蜜。」

「請等一下，因為患者很多。」

被戴眼鏡的護士頂回來的蜜，像小狗般垂頭喪氣地回到椅子上。旁邊的人露出輕蔑的笑容，一直看著她。

最後總算輪到她了。外面雖然仍下著毛毛雨，但病棟之間的中庭，卻有一隻髒貓一直蹲著。

「脫掉上身的衣服。」

「欸？」

「請光著上身！」

正中央坐著一位肥胖、身分高的醫生，旁邊站著五六位穿著同樣診療服，兩手交叉在胸前的年輕醫生。被許多「高尚的人」注視著，蜜整個心都亂了；她沒聽懂醫生們的話，頭好像喝過酒似地熱起來，一副要哭出來的臉。

「可以治得好吧？」

「還沒檢查不知道！」肥胖的醫生冷冷地說，「所以才要妳來檢查呀！」

和前天一樣，醫生用燈光照射著蜜手上黑褐色的痣，眼睛一直注視著。

「是輪廓性斑紋吧……」

身分高的醫生，對著身旁的年輕醫生們，好像在教學似地說明。

「注意看！中央部分因色素脫落帶白色，這是汗被阻止排不出來而乾燥了的關係；至於輪廓部分的黑褐色，則是由於充血的原因，不過組織卻是呈現結核樣浸潤。」

他們的談話裡，夾雜著蜜沒聽過的外國話。每當他們說著外國話時，蜜雖然一直告訴自己不要害怕，膝蓋卻不聽使喚地抽搐著；那種顫抖就像小學體格檢查時，用棍子敲腳檢查是否患了腳氣病的情形一般。每當身分高的醫生說明時，年輕的醫生們就像尋找掉在地上的銅幣似地傾斜著身子，眼光毫不留情地往畏畏縮縮的蜜身上投射過去，蜜甚至都感到疼痛了。

「要不要做痲瘋菌素補助診法（Leprомintest）看看呢？」

「不！那還是在療養所做的好，馬上用疫苗注射法檢查看看！」

當護士送來滿是酒精味的綳帶和注射器時，一位長得像池部良，看來有點神經質的年輕醫生馬上接了過去。

「手不要那麼僵硬，手……這個患者真是膽小！」

當注射液慢慢地打入蜜的手腕時，其他的醫生一直注視著針痕的反應。

「反應怎樣呢？」

「沒有反應。」

「奇怪？不過，也有沒反應的痲瘋病。」

診察和檢查完了後，蜜又回到走廊上。

剛剛還一大堆的患者，現在已剩下沒幾個了，臉上包著白色綳帶的男人也不見了，只有窗外不停地下著像針似的細雨。雨下著，下著……

雨下著。在澀谷的旅館，第一次被吉岡抱著時，天空也像今天這麼陰暗，下著悲傷的小雨。蜜想在中庭的天空中，尋找吉岡的臉；可是，他的輪廓很模糊，好像在哭泣著。

好高興呀！

對於圍成圓圈的方式……

蜜小聲地唱起歌來，希望藉著歌唱來驅除內心的不安。以前蜜在學校舉辦遠足的前一天，為弟妹製作護晴娘①時，也是邊唱歌邊做的。

「森田小姐，」

回過頭來一看，剛剛為她注射的年輕醫生，表情很沉重地站在後面。

「請到別室來一下，有話想跟妳說。」

話一說完他就先走了，蜜畏畏縮縮地跟在後面。

在掛著皮膚科圖書室牌子的房間裡，她和年輕的醫生相對而坐。

醫生從診療服口袋裡，掏出香菸盒子，注視了一下子，然後問：

「妳知道痲瘋病嗎？」

蜜搖搖頭。

「這……其實呀！還需要再進一步仔細的檢查，妳願意在這裡接受精密的檢查嗎？」

從口袋裡拿出一張便條紙遞給她。

「在距離御殿場大約一小時車程的地方，有復活院療養所。到那裡的費用，妳不用擔心；我們這兒會主動聯絡，到了之後那邊會付的。」

「我……是不是情況很糟糕？」

「不，也許只是一般的皮膚病。」醫生安慰著說，可是那眼神卻告訴蜜，醫生連自己的

---

①譯註：為祈禱翌日天晴而掛在屋簷下的小紙人，或稱晴天娃娃。

話都不相信。「不過，還是謹慎些好……」

「我，是什麼病呢？」

那時年輕醫生的臉上，又現出為難的表情；把尚未點著的香菸放入口中，等到察覺未點火時，又再放回口袋裡。

「還不能完全確定。」

「那……痲……痲瘋病是……」

「痲瘋病嗎？不，並不是說妳得了痲瘋病。只是……怎麼說呢？有點懷疑罷了……」

醫生似乎想結束這難以啟齒的話題，慌忙地站起來。

「總之，趕快到這地址上的醫院去。」

醫生離開後，蜜坐在椅子上，有一段很長的時間，用兩手遮掩著臉，腦中不斷地響著痲瘋病、痲瘋病……有人突然打開圖書室。

「啊！對不起。」

「砰！」地一聲又關上門走。

她當然不知道這疾病意味著什麼，雖然不知道，可是光從這陌生的名稱，就讓蜜感到自己罹患了絕症。總之，似乎不是一般的疾病。

不過，對蜜來說最重要的是，這種病到底是需要長期治療？抑或很快就可以治癒呢？蜜還記得孩提時代，住在川越町附近，有一家姓中上川的鄰居，由於先生患了肺病躺了三、四年，因此做太太的白天不用說，甚至連晚上也要兼差。
自己既沒有儲蓄，而且現在的工作也沒有辦保險，當然是無法住院的。
（我想可能只是小的腫起物。）她對自己說。（到目前為止，一直都沒理它也沒怎麼樣。）
蜜想到這裡，稍微安了些心，站起來手握緊雨傘，走出已無人影的走廊。雨，總算停了。從雲層之間露出那令人眼睛、眼瞼都感到沉重的微光。醫院的草地上，有許多患者按照醫生規定的時間正散步著。
突然，有人從背後叫她。
「妳忘了東西呀！」
回過頭來一看，是個年輕的護士；有著像皮球似的圓形臉，臉頰紅潤，從潔白且乾淨的護士服露出健康的手。
「這條布巾是妳的吧？」
微笑著把棉織品的布巾遞給蜜，抬頭仰望天空說：
「雨停了，好好呀！」
「請問……」蜜怯怯地說出從剛才就一直感到迷惑的事。「痲瘋病是什麼？」
「痲瘋病。」她天真地歪著腦袋，「痲瘋病……那不就是癩病嗎？」
蜜的臉色全變了，年輕的護士這時才發現到自己說了不能跟患者說的話。

「唉呀！」

她吃驚似地看了看蜜的臉，她的臉色和剛才那位年輕醫生一樣，浮現出困惑的神情。

蜜感到好像被人用粗大的棍子從頭上猛擊似地——愣住了。

「請保重！」

護士小聲地說了之後，飛也似地轉過身跑走了。

突然間，醫院的建築物變成灰色；眼前的景物團團轉，蜜感到全身虛脫似地，差一點倒在地上。

不相信，不相信自己是患了那種病；整個心情就像雨天眺望遠處晴朗的丘陵，茫然若失。

（夢，噩夢，自己正做著噩夢。）

汽車從身旁經過，差點撞到蜜。

「混蛋！妳找死呀！」

司機從窗戶探出頭來，大聲怒吼著。

有一條斜坡路，就像鉛筆似的黑而光亮，筆直地向前伸展著。蜜手裡拿著雨傘，腋下挾著布巾，在那條斜坡路的途中，停下了腳步。

走出醫院後，蜜怯怯地把視線落在，不知看過多少次的手上那黑褐色的痣，又搖了搖腦袋。

癲病對她來說，是另一個世界的疾病，跟自己絲毫沒有關係，沒有關係的；不！甚至是連自己想都未想過的疾病。蜜眼光又落在手上那黑褐色的痣，她想從以往的回憶裡，把有關這種疾病的記憶完全喚醒。

蜜想起孩提時代，有一天中午曾和已過世的母親，一起去看川越的大師的事。

那是個廟會的日子，紅、黃色的氣球在陽光下閃爍著；旁邊穿著圍裙的老太婆，用腳踩著機器賣著棉花糖。

蜜吵著要一支棉花糖，於是母親牽著她的手登上石階。

「蜜，不要讓棉花糖給弄髒了衣服喲！」

母親偶爾會叮嚀著蜜，在石階的途中，母親突然掩護她似地說：

「快！快向右邊靠！」

把蜜的身體拉向石階的右邊。

原來有一個乞丐，坐在石階的左邊討東西。他的身體趴在地面上，掉了髮的頭伏在石階上；頭的旁邊放著一個盤子，裡面卻連一毛錢也沒有。

蜜從孩提時代起，每看到這種可憐的人就想哭；這是本能地對他們的憐憫，混合著恐懼感和好奇心。

她抓緊母親的手，怯怯地從母親背後偷看那個乞丐。像黏土顏色的手，簡直和原木一樣，手的前端轉圓，沒有手指，連一根也沒有。

「媽媽！」

「什麼事？」

「不給他錢嗎？」

「傻瓜！」母親移開眼睛，「不要看！那是癩病！」

「癩病？」

「對，就是癩病。妳要是做壞事，也會像他那樣子沒有手指，變成乞丐喲！所以呀……」

不久，不知是誰聯絡的，一位踩著腳踏車的警察來了；乞丐被警察趕走，拄著枴杖消失了。

現在這個記憶，突然從蜜的回憶中甦醒過來。除非是醫生弄錯了，否則自己就是患了癩病。

「妳要是做壞事，也會像他那樣子沒有手指。」

已過世的母親那時所說的話，仍鮮明地留在她底記憶裡。

自己到底做了什麼壞事呢？雖然沒做過什麼好事，但也沒做過壞事呀！在蜜單純的腦海裡，所謂壞事指的就是偷啦、說謊話啦等等之類的事。新的母親來了之後，自己認為不應該留在家裡，所以離家前來東京。在工廠裡，蜜一心一意地儘可能努力工作，即使阿好蹺班時，自己仍然繼續做包裝的工作呀！這些事中到底有哪一件是壞事呢？

斜坡路的盡頭，是廣闊的電車路。從早上起就沒吃東西的蜜，現在肚子仍然一點也不覺得餓。沒有想去的地方，哪裡都不想去，只想捲起棉被睡覺。

不幸的時候，睡覺是最好的方法，這句話是母親的口頭禪，經常掛在嘴邊。睡覺……只要睡著了，所有痛苦的事和辛酸的事，都會忘掉的，一切都忘了就跟死亡是一樣的。

電車道下邊，有國營電車行駛著。蜜倚靠在橋架上，眺望著緩緩駛去的電車；從電車的窗口一閃而過，似乎是從學校要回家的學生們的臉。平交道上的信號，由紅轉綠，卡車和計程車在被雨淋濕的道路上奔馳著。東京的一切和往常一樣，沒有人知道現在倚靠在橋架上，表情陰暗一直注視著正下方國營電車駛去的這個女孩正想自殺呢！

（只要往下跳就行了！）

可是，蜜卻害怕著，還是不敢往下跳。

到了新宿，她不知道去哪裡才好，因此走入百貨公司的餐廳。為了想多坐一會兒，於是她叫了一份「餡蜜」②。

從餐廳的玻璃窗，看得到灰色的天空和灰色的街道。她小心地不讓別人發現，又把眼光

② 譯註：蜜豆加小紅豆餡等做的一種日本甜食。

落到手上那黑褐色的痣上；如在醫院中肥胖的、身分高的醫生對年輕醫生所做的說明一樣，痣的中央好像帶雲霞似地白白的，用手指壓它卻沒有什麼感覺。

（醫生是怎麼搞的？我不是那種病呀！）

她想否定自己是患痲瘋病的說法，又再拚命地「挖掘」從前的記憶。

對了，前往大師那兒的當天晚上，吃晚飯時母親曾對父親說過這樣的話。

「喂！現在還有癩病……」

父親用手掌使勁地擦因燒酒而紅了的臉。

「我小時候相當多呀！聽說那是遺傳的。」

蜜還問父親什麼是遺傳。因此，那時候的談話，到現在還記得很清楚。

蜜的家人，當然沒人患過那種病。父親身體還好，而母親則是因為別的疾病才過世的。

因此，自己不應該會患那種病，她這麼相信著。

對面桌有個小女孩，離開母親的手，搖搖晃晃地走向這邊來。

兩手捧著可能是剛買的洋娃娃，穿著粉紅色的洋裝。

女孩稍微張開吃東西時弄髒的嘴，以訝異的眼光看著蜜的臉。

「妳好！」

蜜第一次露出笑容，兩手伸向這個女孩。

她好喜歡小孩，沒有任何理由。看到工廠附近的小孩，常會用自己的零用錢買糖果、餅乾給小孩們。

「姊姊！再給我多一點嘛！」

「不行喲！會吃壞肚子的。」

像母親似地這麼對小孩說，她就覺得好高興。

因此，現在她伸出雙手，想要抱起手上拿著洋娃娃的這個小女孩；可是，當她的手伸到一半時，她下意識地又把手藏到身體後面。

（我……生病了！）

她想：萬一這個可愛的小女孩，紅潤的臉頰，或者是被食物殘渣塗成黃色的嘴唇，不小心碰到自己難看的黑褐色的痣時就糟糕了。

蜜兩手遮掩著臉，一動也不動。

「喂！喂！是不是不舒服？」

一睜開眼睛，看到穿著餐廳制服的侍者站在面前，臉上有點生氣的樣子。

「沒什麼。」

「布巾掉了呀！」

走出百貨公司，如霧的細雨又開始下了起來。在這新宿的人行道上，有撐著傘、穿著各式各樣雨衣的行人走動著。儘管是在這時候，其中還有親密地挽著手，依偎在一起的情侶，露出潔白的牙齒笑著，被雨淋濕的臉上洋溢著幸福的光輝。

要是平常，和充滿著幸福的情侶擦身而過時，蜜會感到既羨慕又嫉妒，然後想著吉岡。可是，現在她覺得夾在人群當中行走是件很痛苦的事。有的情侶碰到她的身體，連一聲抱歉也沒說就走過去了，而她也沒有特別的反應，只是覺得好累！好累！

耳中聽到了從唱片行裡傳出的流行歌曲。

那天我拋棄了的女人
現在在哪裡呢

在撐著傘的行人當中，蜜突然看到有個很眼熟的年輕小姐。

那是以前曾一起工作過的三浦真理子，同事間謠傳著她是有錢人家的千金小姐；可是她並不會擺架子，對蜜和阿好也都很親切。

三浦小姐似乎是剛從洋裝店裡出來的樣子，手裡還拎著個大紙袋。

不知為什麼，蜜本能地用傘把自己的臉和身體遮掩起來。她並不是不想念三浦小姐，可是，今天無論和誰說話，都會感到很難過。

那天我拋棄了的女人
現在在哪兒呢

蜜現在甚至覺得自己的世界，和真理子的世界不同而感到心痛。真理子是縱使不工作也無所謂，然而卻工作著的女孩；而我自己呢？不工作就無法生活了。不久之後，她會是出色的男人的太太吧！而我呢？連結婚都不成。她永遠是幸福的，手上沒有這麼難看的黑褐色的痣。可是，我呢？我呢……。

（討厭！我好討厭三浦小姐！）

森田蜜第一次對他人的幸福，感到類似憎恨的陰霾性衝動。希望新宿的所有人，都和自己一樣不幸；希望手挽著手，很親暱地走著的情侶，也像自己一樣哭不出來，卻在這街上團團轉。為什麼只有自己非這麼痛苦，非這麼不幸不可呢？

她像身懷六甲的女人，緩緩地拖曳著腳步，走到新宿車站。

既然沒有目標，就只有再回到川崎，回到那像小巢穴般的房間了；今天也不打算去店裡上班了。

（下意識地，耳邊似乎響起這樣的對話！）

大家可能會裝出一副親切的樣子問她。

「阿蜜，沒什麼要緊吧？」

「我們只有身體是本錢。」

「不是梅毒就好了，我還擔心著怕會被傳染呢。」

車站裡，飄散著從雨傘和雨具散發出來的臭味和濕氣。蜜在售票口買了車票，然後喝了瓶十圓的牛乳，稍微補充一下元氣。

車站前，有一個老公公在拉手風琴，那是穿著救世軍制服的老公公。她想起在澀谷車站，有一次和吉岡在一起，曾經向像這樣打扮的老公公買過十字架。

「愛你們的神。」

老公公背後的牆壁上，貼著印有這字句的傳單。

「神愛你們當中的每一個人。」

然而，在蜜現在的眼中，這些文字根本不代表著任何意義。要是神真的存在，為什麼毫無理由地讓像我這樣的女孩不幸呢？她邊走邊思索著。即使是我，我也希望有像三浦小姐那樣的身世；即使是我，我也希望長得更漂亮、更可愛，讓吉岡能喜歡。而我也想親切地待人；即使是我，我多希望像三浦小姐那樣容光煥發，也不希望手上長出黑褐色的痣。更不希望每個晚上，每個晚上，在像這樣的雨天，站在發出臭味的路上，硬拉客人到酒吧裡，然後讓客人諷刺著。

「唉呀！臉醜得像豬一樣！」

也不希望被客人亂摸、亂抓胸部和腰部呀！

擴音器裡傳出站務員「御殿場！御殿場！御殿場」的聲音。不！不對，那應該是告訴乘客，往五反田的山手線電車要進站了。③

蜜突然從心底，從最深處的心底，湧現出無可言喻的悲傷。在這下著毛毛雨的新宿人群當中——不！在所謂人生的路上——她深深體會到自己的孤單。而且，不只是孤單，甚至比病狗更悽慘，被社會拋棄了。靠在地下道的牆壁上，她也不理會過往行人所投射而來的奇怪眼神，終於哭出來了。蜜真的很難過，很難過……。

③譯註：御殿場位於靜岡縣，五反田位於東京，兩者日語發音相近。

9

手腕上的痣（三）

在烏雲低垂的下午，蜜搭上火車。

在她微微發汗的手中握著的車票上，寫著往御殿場。蜜覺得自己現在要去的地方，宛如馬路的盡頭、地的盡頭——那兒只有被社會和人群隔絕的一小撮的人相濡以沫、苟延殘喘著。被詛咒的疾病破壞了肉體，毀了容顏、侵蝕手指，只剩下像蠟融化後的醜惡殘骸；而且，他們還不得不繼續燃燒生命之火，非活下去不可。從今天起，蜜也將要加入他們這一群……

「往國府津、御殿場的快車，馬上要開了。」

雨滴在月台正下方的砂上和鐵軌上，一滴、兩滴……留下了黑色的痕跡；擴音器中傳出男人倦怠的聲音。

「往國府津、御殿場的車子，馬上……」

意外地，車廂裡很擁擠，車中混合著：從微開著的廁所門傳出類似臭雞蛋的臭味，還有香菸的菸味，以及附在乘客衣服上的外頭濕氣的味道。蜜拿著四個角都已經剝損的舊小皮箱和雨傘，搖搖晃晃地，好不容易才找到一個座位。

同座的看來像是薪水階級的年輕夫婦，正吃著便當；妻子這時突然停下筷子，以銳利的眼光往下看蜜的舊皮箱和雨傘。蜜兩手緊抓著雨傘柄，畏畏縮縮地坐著。

鈴響，火車開動了。灰色的煙掠過留有手痕的三等車的窗子，在手痕後陽光普照的有樂町的大慶正緩緩地向後退；街上到處都是人群，人群也在人行道上走著。今天日常生活的一切現象，都和一星期之前蜜在四谷車站的橋上想自殺時一樣；對呆望著的她而言，根本沒有任何感覺。蜜不會再回到東京來，她不會回到這有人喝咖啡，和情人散步，買電影票做編織著幸福美夢的地方來。蜜的未來是被無限的闇黑所包圍著雜樹林，只有病房的昏暗小燈，照射著因痲瘋病瞎了眼的盲者們眼前的世界。

火車通過品川時，蜜從座位上伸長脖子和身體，注視著遠方工廠的屋頂，全是黑色的屋頂，她在那方位上空虛地想尋找澀谷，還有被雨淋濕了的斜坡路，以及那天她第一次把身子給了的男人。

「再見！」從蜜的小小胸口衝到嘴邊，她趕快用拳頭捂住嘴巴強忍著；對面年輕的太太，又把銳利的視線投射過來。

橫濱車站，有乘客上來，站在走道上的旅客增多了。

「對不起，有哪位可以讓一下座位嗎？」

從門口傳來中年女性哀傷的聲音。

「這位老伯伯生病了呀！」

然而已疲倦了的乘客們，只是不悅似地聽著，男人把已摺好的賽馬報紙，重新打開看著；女人則閉上眼睛假裝打盹。

「對不起，有哪位……」

蜜當然也聽到那聲音。生病，是什麼病？不管是什麼病，和現在她所患的病一比較，根本算不了什麼呀！老伯伯生病的確可憐，可是，她自己更是悲慘！

蜜也和其他乘客一樣閉上了眼睛，不想再聽到那聲音。宛如淒慘的沙漠般，她的感情已被曬乾了。手上還握著一片麵包的人，是沒有權利要求正餓著的人施捨；而已餓著的人拒絕給予對方，也是人之常情是應該的。

然而，中年女性哀傷的聲音，又從門口傳到蜜的耳中。

（今天不要來煩我了！）蜜兩手握著雨傘柄自言自語著。（比起老伯伯，我的情形更嚴重；何況，我也疲倦得很！）

蜜真的已經疲憊不堪！不只是身體，連精神都像是被放在鋁鑄的模型裡，只感到疲倦，慵懶！雨滴淅瀝淅瀝地敲打在積滿灰塵的玻璃窗上，現在看得到窗外前方的海了，可是那海也是灰暗、寒冷且孤獨的。

她想上廁所，把皮箱和雨傘放在座位上，搖搖晃晃地從走道走向洗手間，出口處也有四五個人站著。穿著西裝的老伯伯，滿臉倦容地斜靠在洗手間的門上，中年女性用浸濕了的毛巾擦拭著他的額頭。

「喂……」

蜜欲言又止。跟平常一樣，當她看到像眼前這樣的老人時，內心那喜好助人的感情，馬上又湧現出來。

「喂……您可以去坐那個位子。」

總算說出口了，心裡卻想著：我實在太傻了。

「可是，妳……」

「沒關係呀！我還年輕。」

「這樣啊！」好像得救似地，中年女性露出口中多顆金牙，「對不起喲！老公公，去坐那兒吧！老公公……生病了的關係。」

蜜一個人靠在兩節車廂之間的門上，注視著鐵軌向後飛快地消逝。發光的鐵軌，生鏽了的鐵軌；令她想起孩提時代，揹著弟弟到川越市附近鐵軌上玩耍的往事。把釘子放在鐵軌上，躲在草叢裡等待貨車從遠處駛過來；當貨車通過之後，釘子被壓得扁扁的，好像新買的小刀。

發光的鐵軌，生鏽的鐵軌，蜜閉上眼睛想睡卻老是睡不著。稻田上的天空，含著雨的灰色雲塊擴散著，有兩個農夫彎著腰工作著。在雲塊的左邊，有少許亮光從灰色的隙縫中洩出；蜜注視著那兒，心想：自己現在要去御殿場，要去御殿場找名叫神山的痲瘋病醫院，這一切真是荒謬！

（一切都是謊言！謊言！謊言！謊言！）

火車在鐵軌上發出巨大聲音的同時，她在心中使勁地、反覆地吶喊著謊言！謊言！謊言！如果現在自己是搭火車要回川越的故鄉的途中，那麼皮箱裡放著的應該是給弟妹們的禮物。在家裡住上兩天，和左鄰右舍寒暄一番，然後再回到東京。對了，還得買束花，去掃掃已過世的母親的墳墓，事實上也夠忙的了。而父親看到好久不見的自己，或許會嚇一跳；父親可能會跟自己抱怨，生活越來越苦了，還有商量是否也可以帶弟弟憲吉，到東京的工廠上班吧！

車門開了，戴著寫有列車員臂章的車掌，看到了蜜就停下腳步來。

「請把您的車票讓我看看。」

然後，把蜜拿在手中的車票剪了一下。

「馬上就到御殿場了。」

蜜又沒問他，他自己就這麼說了，「咔嚓、咔嚓」地邊玩弄著剪刀邊走開了。

御殿場下著毛毛雨。在車站的小候車室中，有手拿著登山杖、頭戴著竹笠的年輕男女們，可能是要登富士山吧！他們從窗戶仰望天空說：

「看樣子，在山頂上看日出是不可能了。」

「最起碼也要爬到五合目呀！」

蜜貪婪地看著他們從背囊中拿出果汁和糖果、餅乾，大夥分著吃。雖然喉嚨也乾渴著，但是最令她羨慕的是，她從未有過像這樣大家一起去遠足或登山的經驗；他們之中有一個穿西褲的女孩，坐在等候室的椅子上，小聲地哼著歌。

快跑呀！特洛依卡

快跑呀！特洛依卡

她記得似乎曾經在哪兒聽過？對了！這首歌就是吉岡帶她去澀谷名叫「地下生活者」的小酒吧中，年輕男女大夥合唱的那首歌。

女孩哼著哼著，忽然察覺到很羨慕地注視著自己的蜜，於是微笑著，露出一對討人喜歡的酒窩。

「妳是本地人嗎？」

她看到蜜的雨傘和皮箱問著。

「不是。」

「我們想登富士山，偏偏天公不作美。」

「妳是學生嗎？」

蜜心裡想著吉岡，怯怯地問。

「不是。我們都是在公司上班的同事，是從東京來的。」

然後，她把牛奶糖放在手掌上遞給蜜：

「請吃吧！」

這時，不知是誰叫了。

「巴士來了呀……」

巴士在雨中開動了。剛才的年輕男女們，在車中高高興興地笑著，小聲地哼著歌；給蜜牛奶糖的那個女孩問：

「妳在哪裡下車呢？」

「在神山站下。」

「啊！那裡有祭典，車站前還張貼著海報呢！那麼，我猜妳一定是為了想看祭典，要到親戚家去吧！」

蜜什麼也沒說，對方就這麼認定了；臉上一微笑，又露出酒窩來了。

一過駒留的村子，就看不到住家了；在雨雲遮蓋的北邊地平線上，暗黑的富士山麓，無盡地擴展著。是否起風了呢？巴士行走的街道兩旁的雜樹林和草原，都向左右大幅度地搖動著；無疑地，到了晚上這一帶會連燈光也看不到，而蜜要去的痲瘋病醫院，就在這片雜樹林的對面。

「天公真是不作美呀！」女孩又抱怨著。

「看來是不可能放晴了。」

「沒問題的。明天……」

蜜壓抑住胸口沉重的悲哀，安慰著女孩。蜜的腦中忽然閃過，或許眼前這個女孩……是自己在這社會最後一個談話的人。

「妳怎麼了……是不是身體不舒服呀？」

「嗯……」蜜微微地搖了搖頭，「我要下車了……。」

在蜜從架上拿下皮箱時，女孩幫她拿著雨傘。

「再見了！保重喲！」

她小聲地說。

在雨水匯成小水渠的街道上，只有蜜一個人下車；之後，巴士濺起泥濘開走了。年輕的男女是否又開始合唱了呢？在歡樂的歌聲中夾著笑聲，隨風飄送到蜜的耳朵裡。

蜜一直站立著，直直地站立著，即使已被雨淋濕了仍是呆立著；她目送著巴士往灰色的彼方而去，逐漸縮小，最後完全不見了。風吹過草原，把灰色的雲吹得支離破碎；在架在曠野的高壓線上吹出聲響後，消失了蹤影。蜜左顧右盼，不見半個人影。

一切都完了的絕望打擊著蜜。現在自己是孤單的，所謂孤單並不是指無法跟別人見面。到目前為止，蜜無疑也是孤單的；可是和此刻正襲擊著自己的孤單相比較，根本算不了什麼。這種孤單是向以往的快樂回憶道別。

「吉岡！」蜜走著，嘴唇震顫著。「吉岡，再見了！」

皮箱很重，從拿著傘的手指滑落了。蜜停下腳步，在這裡第一次注視著栗樹林中寫著「復活醫院入口」的白色立牌。

街道與立牌之間，有條小河；而小橋就是連接社會和醫院之間的細小通路。小河發出潺潺流水聲，拍打著小石頭；河面上浮著報紙和稻草屑，那一定是從剛才的駒留村流過來的。洋槐的大樹發出含有濕氣的風聲，而對面種著些什麼的旱田，往前延伸著。

（回去吧！嗯！回去吧！）

是誰在耳邊頻頻催促著？現在只要折回去就行了。到今天為止，還不是這樣活過來了，所以今後，只要裝著若無其事不就行了？回去吧！回去一切就沒事了。

蜜蹲在栗樹林中，把舊皮箱放在地上，注視著手腕。黑褐色的痣，許是因為寒雨的關係，看來縮小了一些。事實就是這樣，只要掩飾起來，根本不會為別人帶來麻煩；掩飾起來，然後找個地方，換個工作，然後……

蜜從草叢站起來時，看到路旁有個撐著傘，身穿白色修道服的外國女人。

「妳好！」

她凝視著蜜的皮箱和雨傘，以及被雨淋濕了的臉。從她多年的經驗中，似乎已經猜到這個矮個子的日本女孩，為什麼會蹲在這兒。

「要打起精神來喲！」

她用日本話，每說一個字停頓一下和蜜打招呼；然後，她伸出手，提起蜜的舊皮箱。

「不用——擔心呀！——什麼——都不要——擔心。」

出現在雜樹林中像軍營的建築物，是整棟的病房。

蜜最初被帶去的，不是這兩列並排的木造病房，而是診療所的一個房間。有人拿了杯熱紅茶給她，在這段時間，為了紓解蜜的心情，兩個日本籍的修女特意找了許多話題。

「疲倦了？疲倦的話，請到隔壁房間休息一下。」戴著眼鏡的年輕修女笑著說。

「然後……就請到病房那邊去，在這裡大家像是一家人；還有患了病很難過，不過，在這裡什麼都不用擔心。對了！這個烤餅的原料——小麥……妳猜是誰種的？是男性患者種的呢！」

對蜜來說，這是她第一次看到修女。戴著帽簷寬大的異形帽子，在白色修道服的腰間，還掛著黑色數珠的修女們，都努力地想讓蜜心情平靜下來。蜜不知道如何回答才好？

「女性患者在這裡刺繡，然後把刺繡賣掉換些零用錢。妳刺過繡嗎？妳一定會喜歡的。」

那修女要是脫下修道服，就像街上隨處可見的氣質高雅的太太，蜜緊張的心情稍微緩和下來了。

「怎麼樣？在這兒休息一下？還是到病房去？哦……那就走吧！」

外頭已經逐漸暗下來，雨也停了，修女們走在雨滴偶爾滴下、冷得令人發抖的雜樹林中，也沒撐傘。

「妳看，這是香菇！」

途中，她們停下來指著樹林的一角，那是用砍下的樹根培育出來的一大片褐色的香菇。

「這是患者培育的，還有許多東西也都是患者做的。現在看得到的對面那水池也是呀！縱使手腳不靈光，大家也都不畏縮，妳也不能向疾病低頭呀！」

在雜樹林的盡頭，就是蜜剛剛瞥見的像軍營的病房。中庭曬著衣服的這種凹字型病房，看來年代已久；蜜瀏覽著，不知不覺心情又沉重起來。

為什麼在這棟病房中，空蕩蕩的連個人影也沒有？房間是用玻璃板圍起來的，玻璃板後面有六帖大小的榻榻米上陽光照射著。

「這裡是妳的房間。」

修女指的那個房間，窗下有張小桌子，桌下放著一個洋娃娃；那個洋娃娃，還有掛在窗上的粉紅色手帕，都讓蜜感到悲傷。

「同房間的是加納小姐，她是兩年前入院的……從明天開始的日課，妳就向她請教，有什麼困難隨時都可以找我……只有意志是疾病侵犯不了的。」

然後，她用手指玩弄腰間的黑色數珠，微笑著。

「對了，我還沒告訴妳我的名字。我是山形修女，這位是稻村修女。」

修女放下皮箱走了之後，蜜撇腿側身坐下，低下頭來……

終於來了。這裡是……醫院！在下雨的午後，空蕩蕩地連個人影也沒有，好像大家都回去工廠了。

可是，這裡和工廠不一樣，是痲瘋病醫院。蜜既然已經來到這裡，那麼從今天起自己真的是患了痲瘋病！剛剛拿大學醫院的介紹信給修女們看時，蜜已完全明白了。要不是痲瘋病，那些修女也不會把蜜安排在這個房間。

腳步聲從寂靜的走廊那一端傳來，停在房間前面，有一個年輕的女孩站在那兒。

那個女孩的臉上，好像發燒似地紅紅的；不只是這樣，還腫著呢！而且，皮膚上有一種無法形容的光澤。蜜坐著仰望她，女孩站在走廊上俯視著蜜，兩人之間靜默了好一陣子。

「是入院的？」

「嗯！」

「這個房間……是和我一起住，我的名字是加納妙子……妳呢……？」

「森田蜜。」

妙子收拾曬在窗上的粉紅色手帕，打開房間的抽屜。

「我用這個抽屜的下層，妳只要把裡頭的東西整理整理，上層就歸妳使用了。棉被寄來了嗎？」

蜜沒帶棉被來，妙子對搖搖頭的蜜說，那就去拜託稻村修女好了。

「妳……討厭跟我在一起？因為……」妙子難過似地，「妳還是普通情況，而我……病菌已經蔓延到顏面神經了。」

「妳發燒嗎？」

「這不是發燒，臉紅紅的是因為疾病的關係。對不起，讓妳感到不舒服……」

「不！」

蜜搖搖頭。窗對面的病房，可能有人回來了，聽得到收音機的聲音；收音機似乎在轉播歌唱比賽，在手風琴的伴奏和男歌聲唱完之後，聽到播音員說：「好可惜呀！」的譏笑聲。

蜜似乎是現在才意識到今天是星期日。她想起兩星期前的星期日，自己還在宿舍聽這節目：那時對手腕上的痣，根本就不放在心上。

「妳的家鄉是在哪裡？」

「川越……不過，我一直在東京的工廠工作。」

「我的家鄉在京都。那時候，想都沒想過會生這種病。」

妙子僵硬的嘴巴，歪向一旁笑了。

「不過……很快就會習慣這裡的生活。對了！對了！我必須告訴妳這兒的日課……」

所謂日課是早上六點起床，吃完飯後到中午為止，有醫生診察和治療；診察結束後，症狀輕的男患者去田裡工作，女患者就在診療所幫忙，或者是刺繡。午飯後，從兩點工作到五點，然後就是自由活動時間。

「每個月放映一次電影。」

「真的？」

「從御殿場租來片子。不過，不要期望太高，有時候一下雨，就連有聲電影也聽不太清楚。」

「其他呢……」

「此外就沒有了……我想妳會習慣的。最重要的是，大家都患同樣的病，所以不必有太多的顧忌。」

患者們似乎回來了，走廊下的腳步聲變大了，妙子突然站起來關上房門。

「把這裡關上吧！」

在各式各樣的患者當中，有容貌變形得很厲害、很難看的；妙子不希望第一天就給對醜陋的臉尚未習慣的蜜太大的打擊。

「也可以在這兒吃飯，妳可能很累了吧？那就在這兒吃飯吧！」

像姊姊似地很親切的妙子說完之後，就站了起來。

「我去拿飯給妳吃。」

說實話，蜜根本沒胃口。雖然覺得這樣對加納妙子不太好，不對，對臉腫著的她送來的飯菜，蜜還是連筷子都不想動。

蜜的心情，好像很敏感地反射到妙子身上；妙子稍含悲傷地看了蜜一眼，然後輕輕地走出房間。蜜又再低下頭來，注視著被太陽曬黑的榻榻米上的一點。走廊那邊傳來……

「田中小姐，不行呀！」的聲音。

沒多久門開了……意外地出現山形修女的臉。

「森田小姐，怎麼樣？情緒穩定下來了嗎？飯給妳拿來了。」

修女送來的鋁製盤子上，有一碗飯，煮魚，還有少許湯。

「妙子小姐呢？」

「妙子小姐和大家一起吃……妳不必在意。她並不是不高興，而是希望今天讓妳一個人慢慢地吃，所以才去告訴我的。好了！快吃吧！不吃是不行的。要有勇氣，在這裡大家都非戰鬥不可，這裡是和自己戰鬥的地方。」

山形修女的表情非常正經。

「大家一起分享著相同的命運，不只是命運，連痛苦、難過也都一起分享。就拿妙子來說，她兩年前從京都來入院時，也和妳一樣連飯都不吃。妳猜她在京都是做什麼的？她是彈鋼琴的呢！」

「……」

「是鋼琴家呀！還舉辦過兩次演奏會，甚至也有了結婚的對象……然後才發病的。這種病有的是先從手指的神經開始麻痺；因此她不得不放棄鋼琴；而已訂了婚的男方，知道是患了這種病後就離開她了。不過，她真有勇氣一直戰鬥著，在這兒大家不戰鬥是不行的喲！」

然後，修女以稍微嚴厲的聲音說：

「快吃吧！吃也是一種治療呀！」

蜜強忍著把煮過的魚，一口、兩口地放入口中，平常不覺得怎樣的魚腥味一入口中，她不由得想吐。

「我不要吃了。」蜜的肩膀顫抖著，「吃不下了。」

「好，今天吃這些也不錯了……那麼，明天再多吃一點吧！」

修女像哄小孩似地，把鋁製盤子拿出房間之後，再換加納妙子回來。

「對不起！」

蜜把兩手放在膝蓋上，低下頭來。

「妳……」妙子終於笑出來了，「好奇怪的人。」

可是，這時別的疑慮卻襲擊著蜜——不久的將來，自己的臉是否也會像加納妙子般腫脹起來呢？蜜不由得轉過臉去用手掩著臉。

「睡覺吧！」

妙子對蜜的心理，似乎瞭若指掌。在兩年前，秋天的一個黃昏裡，帶著比現在這個女孩更絕望的心，找到這裡來時的自己的心情變換，如今又在這個把頭髮梳成三條辮子往下垂、身上穿著粗布裙的女孩身上重現了。

她用已麻痺了一半的手鋪上墊被，蜜想起自己忘了帶寢具來，於是走出房間，去找山形修女。

半小時後，兩人枕並枕，躺在棉被中，可是身體卻儘可能地分開。

在黑暗的地方，隔著樹林，從別的病房傳來微弱的呻吟聲——那是重症患者痛苦的呻吟聲。這種病既然是絕症，那麼五年、七年之後，自己也會被安排到那棟病房，和劇痛戰鬥。有一天這種命運一定會到來的，而最後是醫院後面長著青苔的小墓地，等待著大家。

「妳在哭嗎？」

妙子問。

「嗯！」

「真正痛苦的不是身體。兩年來，我總算體會到真正的痛苦是，忍受著沒有人愛自己！」

可是，蜜不懂妙子似乎是說給她聽的話。她用手抓著被角，計算著包圍著醫院的黑暗的深度。對了！她第一次知道原來黑暗之中也有聲音，那不是雨落在雜樹林的喧鬧聲，也不是山鳩的叫聲。黑暗中的聲音不同於靜寂，跟靜寂完全不同；只有被孤獨逼迫的人，才會在這樣的夜，把心臟的鼓動聲——聽得那麼清楚。

10

手腕上的痣（四）

一日又一日，同樣地逝去……

剛開始的兩天，蜜一直把自己關在房間，除了上廁所外，連一步也不踏出房門。走廊下要是有什麼聲響，身體就發抖；好像快被追到的兔子，眼裡露出恐懼的神態，眺望著發聲的方位。

加納妙子只邀過她一次要不要去散散步。

「不！」

蜜搖搖頭。

「對不起！」

蜜道了歉。

「沒關係。」

妙子悲傷似地微笑，點點頭。

修女們對剛入院的患者，心理上會受到怎樣的打擊是很清楚的；但是，對患者絕對不會老是表現出憐憫或同情的態度。

除了妙子或山形修女送來三餐之外，就沒有人再多理會蜜。

對新患者說些安慰的話，反而是有害的。這種疾病不只是跟病菌戰鬥，還要有強烈的活下去的意志；要有從絕望中站起來的勇氣，這些不是他人所能給予的，非自己「創造」不可。這是醫院對待新患者所採取的方針。

其他的患者，對蜜更不會投予同情的眼光。因為在這裡的每一個人，都曾經以同樣的悲哀、同樣的苦惱，度過最初的一個禮拜。

蜜來醫院之後的三天，每天都在下雨。

她早上醒過來時，加納妙子早已摺好棉被，洗完臉到治療室或工作坊去了。蜜一個人躲在房裡，一直聽著雨拍打雜樹林的葉子的聲音。

她小小的腦中，邊聽著雨聲，對從前的生活，以及今後的生活，不知想過多少次。

像這時，蜜總會想起第一次遇到吉岡的那個星期日，像牛反芻似地，她不知回憶過多少次了；那天街上的風景，仍然歷歷如繪。

她從沒想到，像大學生那樣「偉大」的人，會寄信給她。當她把那封信給同室的阿好看，請她一起赴約時，

「妳這個傻瓜！他不會把我們看在眼裡的呀！反正，他一定會譏笑我們的。」

阿好以微含妒意的眼神說。

不過，那天下午，兩人到下北澤車站時，大學生真的在那兒等著。

就從看到的那一瞬間起，蜜已喜歡上這個大學生了。好久以前從電影或休閒雜誌上，看到電影明星石濱朗穿著大學制服的模樣時，蜜就會不由得歎口氣：

「好帥！」

跟所有的女孩一樣，蜜對戀愛充滿著憧憬。當口中哼著流行歌曲時，在梳成三條辮子的

腦中，就不斷地描繪著自己要是能和大學生在白楊街樹的路上散步，該是多令人高興的事！

因此，當她和吉岡走在街上時，心中充滿著喜悅與不安。能跟大學生走在一起，感覺上自己就好像是演石濱朗對手戲的若山節子；可是當他無意中看到廉價的裙子和舊了的鞋子時，又會感到不安，心想穿著這樣的東西，是否會讓對方討厭呢？

蜜站起來打開窗子，從前一棟病房的窗戶，看到山形修女正在幫著拄枴杖的患者。灰暗的天空，雨繼續下著，不停地下著。

雨……雨，看到雨就不由得想起澀谷旅館的事。那時，蜜覺得吉岡好可憐，看到患小兒痲痺右手疼痛的吉岡，因自己而露出那寂寞的表情時，胸口就感到一陣疼痛。她不喜歡去那種旅館，可是如果不去，自己就是讓吉岡更寂寞的、令人討厭的女孩了。還記得那天也下著雨，從旅館的窗子看到斜坡路上，有個女人無精打采地拖曳著步子。

此外，還有一段悲傷的回憶——那是到吉岡的御茶水公寓去找他，結果沒見到面的那個黃昏的事。蹣跚地登上駿河台的斜坡，絕望地到處尋找吉岡，心想吉岡會不會混在斜坡路上的學生群中？就是那時候，第一次體悟到他討厭自己。

蜜歪著身子坐在榻榻米上，回憶著這些往事，又像小孩子似地哭了起來。不只是今天，每當內心回憶起走在那駿河台斜坡路上的往事時，她就會覺得自己好可憐，好悽慘地哭泣著。

流了眼淚，抽噎了一陣子之後，心情好了一些。

門開了，加納妙子走進來。
她稍含無奈的眼光，看著哭泣的蜜。
「天空稍微亮了些，說不定會放晴。」
蜜轉過身來，發現昨晚在微弱燈光下看不清臉的加納妙子，嘴唇是歪向左邊的；她的臉就像被燙傷似地，皮膚扭曲得連光澤都變了。
「稍微好一點了嗎？」
「……」
「我和妳一樣……入院後的第一個星期，也和妳一樣一直躲在房裡……怕見到人，也不願意見到人。心裡想的淨是健康時候的快樂往事……森田小姐，妳現在是不是也是這樣？」
蜜低著頭沒有回答，連自己內心深處都被看穿了，想到這裡更是難過。
「我本來是想當鋼琴家的。」
妙子在蜜的旁邊坐下，突然小聲地說，然後注視自己的手指。
「那時候好用功……幾乎整天都沒離開過鋼琴。還記得正好是第一次獨奏會，本來打算獨奏會時穿露肩的晚禮服；在這之前媽媽發現我的手上有紅色的斑點，就帶我到京大的附屬醫院去檢查。」
這時，妙子好像在說些可笑事似地微笑著。
「這一檢查，一切美夢都變成幻影了！」

「變成幻影？」

蜜眼睛睜得大大的。

「……母親和醫生在走廊談了很久；從走廊回來的母親，臉上蒼白得很，而我什麼也不知道，還若無其事地問，幾天可以治好呢？」

蜜突然想起昨夜，床鋪並在一起躺下休息時，聽著雨滴拍打雜樹林的喧鬧聲時，加納妙子無意中說出的話。

（真正痛苦的不是身體。兩年來，我總算體會到真正的痛苦是……忍受著沒有人愛自己！）

「妳有情人嗎？」

蜜想到吉岡的事，於是問妙子。

「是的，曾經有過！」那一瞬間，妙子的臉變得陰沉沉，「這也是沒辦法的。無論是誰，都不會跟患了這種病的女人結婚的，我沒有權利恨他或責怪他。」

「……」

「不過，森田小姐，我們已經習慣了不幸；不！不是習慣，而是這種生活有歡笑也有喜悅。我並不認為現在的自己，是在被社會遺棄的地方；我認為是來到了跟一般社會不同的世界。這兒拒絕了一般社會的喜悅和幸福，可是……在這裡也可以發現到，一般社會那兒所沒有的意義。」

加納妙子用手掌按在紅腫的臉頰上，好像不是說給蜜聽，而是自言自語。

「妳兩星期過後，也會逐漸產生勇氣的，不拿出勇氣是不行。」

第四天，好像從洞中畏畏縮縮地窺伺外頭動靜後才跑出來的小動物般，蜜由妙子陪伴著到病房外邊來了。

連續下了三天的雨總算停了，這是個樹林上空有乳白色的雲飄動的日子。

病房外面，響起患者們的聲音。

「他們在做什麼呢？」

蜜問妙子。

「啊！那個呀！大家都聚在雞舍旁，走！去看看？」

蜜跟在妙子背後，悄悄地走向雞舍。

患者們在這裡的工作是養雞。這種疾病不在保險範圍內，光靠政府給的補助根本無法維持，因此，修女們最重要的工作之一是向熱心人士募捐。當然，這樣子還是不夠，所以症狀輕的男患者，負責的工作是養雞或農耕；女患者就刺繡以換取金錢。

雞舍是舊倉庫改建的。

眼前大約有十個左右的男女患者聚在雞舍旁。

「中野先生，加油呀！」

「喂！逃到右邊去了。」

大家在幫著名叫中野的中年叔叔加油。

五六隻小雞從雞舍逃了出來，中野先生是負責養小雞的人，因此拚命地要把小雞抓回來。然而，手指已麻痺了的這位中年人，好不容易才靠近小雞，眼看著手一伸出去就可抓到時，小雞又很靈活地，一下子從他的手指間溜走了。

咯——咯。

咯、咯。

「叔叔，小雞在後面呀！」

「這樣不行呀！中野先生要定好目標呀！」

被大家這麼嘲弄著，中野先生滿臉通紅，邊擦著汗說：

「好！這些小雞竟然捉弄起大人來了呀！」

氣呼呼地一下子跑向右邊，一下子手又向左邊抓。

中野先生的臉也和妙子一樣腫起。患者當中，有頭上用繃帶包著的男人，也有戴著眼罩的女人。

妙子和蜜走近時，大家都以笑容相迎。

「加納小姐，現在是中野叔叔和小雞的馬戲表演。」

「哦！」妙子笑了，「我來介紹，這是三天前新來的森田小姐。」

把蜜介紹給大家認識。

「今天總算能到外面來了……」

「恭喜妳！」

有人這麼一說，其他的患者也都高興地笑出聲來。蜜因為羞恥和悲傷，眼睛直往地面瞧。

「妳呀！不是躺在房間哭了兩星期嗎？」

「哼！今井還是一個月之後才出來的呢！所以森田小姐算是很快的了。」

大家互相談論著自己的經驗；蜜在大家微笑的包圍中，也逐漸有了笑容。

「看！森田小姐的心情也開朗起來了。」

頭上包著繃帶，嘴唇往右翹起的男患者，用手指指著蜜的臉，大家又響起了一陣笑聲。

「啊！阿蜜，出來了。」

不知什麼時候，山形修女已來到背後，用手指玩弄著掛在修道服腰間的黑色數珠。

「心情總算好了。沒問題的，很快就會有好多好朋友了……趁現在心情好，跟我一起到醫療室吧！要做精密檢查。」

「妙子小姐！」

蜜回過頭來看加納妙子，像妹妹拜託姊姊似地小聲說。

「跟我一起去。」

「森田小姐……好撒嬌呀！」

妙子對開始相信自己的這個女孩的要求，聽入耳中覺得好高興。

病房的一邊有醫療室，隔壁房間是溫浴治療室——把手腳放入溫度相當高的熱水中，可以使麻痺了的手腳稍微能活動。

醫療室中，戴著眼鏡的老先生，一個人面對著桌子，不知在病歷卡上寫些什麼。

「這是森田蜜小姐。」

跟著來的山形修女說了後，醫生點點頭，很親切地笑了。

「怎麼樣？習慣了醫院的生活嗎？」

把坐著的旋轉椅子轉過來。

「現在要利用光田式反應的方法，檢查看看妳的病是什麼程度。要抽一點血，痛一下就不痛了，放心好了！」

醫生抓起蜜的手，眼光落在那黑褐色的痣上。

醫生注視了很久。

「哦……」

總算從他的口中發出既非歎息也不是歎氣的聲音。

在東京的大學醫院，蜜的這顆痣，也被許多醫生好像要看穿似地瞧了很久。那些醫生也和這位老先生一樣，發出「哦！」的聲音，然後也和現在的醫生一樣，歪著頭，把旋轉椅轉向桌前，在病歷卡上不知寫些什麼？蜜對一切全死了心，往診察床上坐下。

抽了兩細頸瓶（ampoule）的血，醫生用聽診器在胸前和背部診察後，蜜就走出醫療室到走廊。

加納妙子有點擔心似地，靠在牆壁上等著她。

「怎麼了？」

醫生叫住山形修女，小聲地說明事情，山形修女不時地把視線投向站在走廊上的蜜。要是在一個月以前，光是這樣也足以讓蜜小小的心感到恐怖、不安而發抖的；可是，現在她的心連動的力氣都沒有了。自己既已掉落到不幸的深淵底層，不可能再往下摔了，這種絕望和痛苦的死心，佔據了蜜整個心。

一星期過後，蜜因為是輕症患者，總算可以到餐廳來。

女人做的工作中，加納妙子建議學刺繡。蜜的手指神經尚未麻痺，可以和健康人一樣拿針。聽妙子說手指開始彎曲的女性患者的刺繡，是使用手掌用的特別的針。

這種工作也可以在自己的房間做，所以蜜在妙子的教導下，看著富士山和山中湖的圖案，開始一針、一針地繡起來了。

「妳繡得很好呀！」

山形修女有時會進來房間，寬心似地和她打著招呼。

午後溫柔的陽光照入房裡，尤其是雨剛停的今天，精神更覺得舒服。蜜邊移動著繡針，邊注視著那光線，發現如今的自己；雖然只是少許，但卻已逐漸開始投入這裡的生活了。

過。

「森田小姐入院前，在哪兒工作過？」

被山形修女這麼一問，蜜的臉紅起來了；回答修女在工廠、彈珠店、最後是酒吧工作過。

「哦！」修女點點頭，「這裡聚集了各式各樣的人。昨天追趕小雞的中野先生，他曾經是靜岡大西服店的老闆；而戴著眼罩的女人，是長野地方的人，是已經有兩個孩子的太太。大家各有不同的過去和生活，而現在由於同樣的不幸和悲哀，大家結合在一起。森田小姐妳能了解嗎？」

「……」

「這種病並不是因為它是疾病所以不幸，而是因為患了這種病的人，跟別的病患不同；會被到目前為止一直愛著自己的家人、丈夫、情人和孩子所拋棄，必須過著孤獨的生活，所以才不幸。不過，不幸的人之間，彼此會因不幸而結合在一起；在這兒大家分享著彼此的痛苦和悲傷。前些日子，當妳第一次走出室外時，妳知道大家是以什麼眼光迎接妳？因為大家都有過相同的經驗，所以都期待著妳能夠早一天投入共同的生活中。像那種情形，是一般社會裡見不到的呀！即使是這樣，就看妳的想法如何了？在這兒其實也可以尋找到別的幸福。」

蜜沒有回答，但是她很認真地，聽著山形修女所說的話。到今天為止，她從沒有聽過這樣的話，當然，在她的小腦袋裡，無法完全理解山形修女所說的話；不過她一直是自己雖然不幸，但每看到他人也不幸時，還時時刻刻想伸出手去幫助別人的女孩！而現在，當她從修女那兒，聽到其他的患者熱烈歡迎自己時，她高興得眼裡含著淚；甚至覺得厭惡他們、對他們醜陋的容貌感到可怕的自己，實在是個很壞的人。

「哪……」

蜜把繡針和布放在膝上，她覺得那些患者好可憐而為他們難過，甚至忘了自己也患著同樣的病。她問山形修女：

「他們都是好人，為什麼要受這種苦？這麼好的人，為什麼會遭遇到這麼悲慘的命運？」

「我也每晚都想著這個問題呀！」山形修女注視著蜜的眼睛，「在睡不著的晚上想著：這個社會心地善良的人，遭遇到不好的命運，或罹患痛苦的疾病，神為什麼給他們那樣的試煉？在這醫院裡，有許多心地善良得令人吃驚的患者，在普通社會的日子裡，他們連一件壞事也沒做過。儘管如此，為什麼讓這些人患這種病，被家人拋棄，非讓他們流淚不可呢？像那時候，我對自己所信仰的神，也有不了解的時候。……不過，以後妳的想法會改變的，這種不幸和眼淚，絕不會是毫無意義的，一定有大的意義存在……。」

「是這樣子嗎？」

蜜茫茫然地，眺望著陽光灑落的窗上歎口氣。她想著自己的事，到今天為止，也沒有在別人身上做過什麼壞事。川越的父親帶回新的母親時，蜜覺得自己在家是個累贅，於是就到東京工作。在工廠裡拚命地、盡責地做藥包的包裝工作。儘管喜歡吉岡，為了不增添他的麻煩，也忍著悲哀離開了他。儘管如此，自己仍患了這麼淒慘的疾病。到目前為止，自己做的都是一些吃虧的事呀！蜜心想這是自己傻，怨不得別人；可是山形修女卻說有「大的意義」。

蜜手上拿著已完成的刺繡成品走出病房，她想把刺繡拿給在工作坊的加納妙子看。櫸樹和七葉樹的上空，有白雲飄盪；在茂密的枝葉當中，有小鳥叫著，還聽到遠處傳來的狗吠聲。

蜜望著白雲，突然想去工作坊，看看四周的環境；確定沒有其他的患者，也看不到修女的影子時，她迅速地閃入沒有道路的樹林裡。

她還沒有勇氣逃出這醫院，但是她想走出圍繞在這家醫院的雜樹林，再一次聞一聞一般的人生；對了！這裡的患者叫它為「人世間」——那十天之前，自己還過著的世界，那令人懷念的氣息。在那世界裡，今天吉岡還在上班著，在川崎車站前最後遇到他時，吉岡已經在一家公司上班了；她想回到他工作的世界看看，即使只是一分鐘也好。

雨停之後已經過了一星期，可是雜樹林中仍然濕濕的。潮濕的地面，散發出青草味，腳下有開著淡紫色的吊鐘草花和紅色的金錢草花。

從樹幹之間，看得到男性輕症患者工作的旱田。正追趕牛的兩個患者當中，頭上包著繃帶的是渡邊先生；上次小雞逃走時，他為了逗蜜笑出來，幫忙中野先生抓雞時，拚命地假裝抓不到。渡邊先生還沒發現到蜜躲在樹林中。

有著黃色翅膀、不知名的小鳥，在枝間跳躍，沙啞的囀叫聲，此起彼落；有一隻蒼蠅一直追著蜜。

好靜！

要不是看得到前面灰色的病房，沒有人會知道這兒是痲瘋病醫院。蜜把身體靠在樹幹上，盡情地享受樹林的氣息，隨意瀏覽草叢。

這時，藏在草叢裡的兩列墓石映入蜜的眼中。有兩三個看來還新的墓石，其他的因長年暴露在雨和泥土中，已長出青苔，都變成黑色了。

昭和二十一年、五月逝世，井口榮治……

昭和十六年、九月逝世，奧古斯汀·田村……

昭和二十年、七月逝世，杉村良子……

剛開始，蜜還沒察覺到長眠在兩列墓石底下的，就是這兒的患者。

沒多久，當她意會過來時，不由得用右手抓緊樹幹，把已經到喉嚨的聲音硬吞了下去。她小小的腦袋中，現在總算明白了：這種疾病會給自己帶來死亡，那時候，自己也會被埋在這陰暗的雜樹林裡。

蜜踩過草叢裡的金錢草，跑到外面來。

樹林的盡頭，跟白色的巴士道路是相通的。她停下來休息喘口氣，那心情就和看到了不該看的東西一樣。現在她明白了，醫院的患者為什麼不靠近那片樹林；還有每天晚上，縱使是下著雨，也會聽到的一片喧鬧聲。

（啊！這裡是行駛著巴士的道路。）

行駛著巴士的道路，在田裡筆直地往御殿場的方向延伸著。遠處有一輛卡車像龍捲風般，把砂土高高捲起；四、五個小學生，邊抓著路旁的草，朝這邊走過來。

這麼平凡的風景，要是以前根本不會在意；可是現在的感覺就像在沙漠中發現泉水般，感到一陣清涼。這裡是活人的世界，沒有痲瘋病氣息的世界，沒有臉腫和唇歪的人的世界。

蜜好像要看穿似地，往稻田的前方，有白雲飄盪的方向瞪著看。

（那裡是吉岡住著的東京！）

心裡憋得慌地眺望著。

（吉岡！吉岡！）

有馬糞和小石頭落到蜜的腳底下來，那是朝著這邊走來的小學生們丟的。

「你們搞什麼？」

她不由得怒吼。

「癩病！」

「癩病不可以跑到馬路上來！」

小學生們聚在稻田的一個角落上，舉起握著石頭的小手，好像合唱似地齊聲叫著。

「森田小姐，請到醫療室來一下。」

慌慌張張地，跑到走廊下的山形修女，從窗口叫著正在中庭晾衣服的蜜。

「又要檢查？」

「不是的。」

山形修女的表情極為嚴肅。平常她的臉上總是帶著微笑，就像姊姊看自己的妹妹般；而現在不知為什麼，她用嚴肅的眼光看著自己。

「總之，馬上來！」

蜜把被水沾濕的手擦乾淨，懷著忐忑不安的心，跟在修女後面。

上次的檢查，根據醫生的說法，只是檢查一下疾病的程度；現在看山形修女那嚴肅的表情，是不是檢查的結果不妙呢？不祥的預感，像雲般在蜜的胸中擴散著。

「森田小姐，妳要去哪裡？」

路過的患者看到蜜問她。

在將近兩星期當中，蜜已和許多輕症患者熟稔了；對那些不成人樣的臉和繃帶，現在也稍微放心了。

不會覺得那麼難過了。

「去醫療室。」

「哦！要開始注射了！」

原來是這麼一回事！妙子每隔三天就要去注射一次，現在輪到自己了……想到這裡，她

山形修女在前頭，先打開醫療室的門。

「請！」

催促著蜜。

醫生把旋轉椅子轉過來。

「啊！是森田小姐。」

眼鏡後面現出親切的笑容。

「請坐在那裡。」

手指著診察床，注視著病歷卡說：

「森田小姐！」

「噢！」

「上次檢查的結果出來了。」

蜜像是等待宣判似的，兩手放在膝上，點點頭。

「光田式反應是用來檢查這種疾病的程度……妳的情形，有了意外的結果產生。」

「……」

「妳不是痲瘋病患者！」

「咦？」

「妳不是痲瘋病！為了慎重起見，我們檢查了三次，反應都是零。讓妳受苦了吧！」

醫生在眼鏡後面的眼睛直眨著。

「我替大學醫院的誤診，向妳表示深深的歉意。」

蜜腦中一片混亂，眼前的景物像雲般擴大，要不是山形修女從後面扶著，她一定會倒下去。

醫生沒說話，山形修女也靜默著。

總算有了小小的聲音。

是蜜哭出來了，她用手遮掩著臉，慢慢地越哭越大聲，一直哭著。

「沒關係！沒關係！」山形修女拍著蜜的肩膀：「大聲地哭吧！很難過吧！一定很難過吧！」

11

手腕上的痣（五）

在山形修女的扶持下，蜜從診療室走到走廊下。陽光從窗戶照射進來，在走廊的木板上形成條紋的圖樣。

「不要緊嗎？」

「嗯！」

「沒問題嗎？我的手要放開了喲！」

蜜一個人站在走廊上，眼前一片昏暗，可是等到暈眩的感覺消失之後，突然，奔流似的歡喜，自心底湧上嘴角。

這種感覺如夢，遙遠難捉摸。靠在走廊的牆壁上，現實感逐漸湧到五體；而奇妙的是，自己不知該如何處理這種現實感和喜悅。

「啊！」

口中發出慘叫聲，她抓著自己的頭髮，突然回過頭來。

「森田小姐！」

山形修女嚇了一跳。

「森田小姐，振作點！」

「……」

「振作點！」

蜜又再次哭出聲來了，診療室四周起了迴聲。

（我沒病，我沒生病！）

蜜脫離山形修女的手，在走廊上跑起來了。對面拄著枴杖的患者，看到蜜跑過來嚇得站住了。病房外耀眼的陽光，照在她的額頭；蜜使勁地伸展五體，把陽光和清爽的空氣盡情地吸入胸中。到目前為止，她從未體會到活著、沒有病是如此的美好；也不知道陽光是這麼的漂亮，空氣的味道是這麼的甜美！

（吉岡！）

在病房的前方，雜樹林高高的樹梢上，有著藍空，藍空上有白雲飄盪。

（我還可以再見到吉岡了！）

我還可以再見到吉岡，原本以為這輩子再也見不到他了，現在可以再見到他。特別跑到川崎來找自己的吉岡說，希望以後再交往；現在既然自己沒病，當然可以大大方方地去見他。一個念頭接一個念頭，好像零件從工廠的輸送帶流出似的，在蜜心中閃過。

山形修女困惑地注視著蜜。因為到目前為止，從未有過因誤診而入院的患者；如何處理才好呢？連修女也拿不定主意，怯怯地問：

「森田小姐，妳馬上整理行李嗎？」

「咦？」

「妳……已不是患者了，因此可以出院了。妳要馬上收拾行李嗎？」

蜜大大地點頭，希望早一秒鐘從這世界——只見歪手指、腫脹著臉的世界逃走。離開這即使是下雨的夜晚，雜樹林也會發出令人顫抖的喧鬧聲，還有重症患者的呻吟聲的建築物離得遠遠的。

「我不會再來了。」

她像是說給自己聽似地自言自語著，山形修女的表情有點悲哀。

「那當然！沒有再回來的必要了。很可惜不能再見到妳……這是當然的，不過……妳會寫信給我嗎？」

「嗯！」

「想搭中午的火車，不快一點會來不及。」

「下一班呢？」

「接下來兩點、三點都有班車，不過到車站的巴士並不多。」

要是搭兩點的火車，還有充分的時間。搭火車回到東京之後，住哪裡？做什麼工作？全無頭緒……不過現在是喜悅大於不安。

患者們逐漸聚攏過來，蜜出院的消息，似乎已開始在他們敏感的耳中傳開了。

「森田小姐，聽說妳要出院了？」

那天追著小雞的中野先生，拖曳著腳步，走到蜜身旁來。

「真是太好了！」

「嗯！」蜜率直地點點頭，「謝謝！」

「一宣布可以出院，就不想繼續待在這裡了！」

「可是，以後怎麼辦呢？我還擔心著呢！」

「總有辦法的，外面的世界再怎麼說，也勝過這裡呀！」

中野先生說著，眼光落到自己彎曲的手指上，露出寂寞的笑容。

那時，蜜發現有幾對眼光，從病房的窗戶注視著自己，多令人心痛！

那些是女患者的眼睛，她們從窗戶的小縫隙中，以和今天早上完全不同的複雜表情，偷偷地看著蜜。

從那些目光中，甚至可以感受到羨慕和敵意。當蜜回過頭來的那一瞬間，有人用力關上窗戶，發出巨大聲響；也有人馬上站起來離開窗旁。她們無法理解，也不允許蜜擁有自己所沒有的幸福。

不過，其中也有像中野先生那樣，寂寞地凝視著蜜的年老患者；無奈和對命運逆來順受，刻畫在皺紋深深的臉上。

「好了，快回房間準備吧！」

山形修女感受到病房內那微妙的氣氛，想趕快把蜜帶離這地方。

回到房間，加納妙子在從窗戶洩入的陽光中刺繡，覺察到蜜的腳步聲，於是抬起頭來。

「恭喜妳！真是太好了！」

妙子拚命地擠出笑容祝福蜜出院，可是她的笑容越是明顯，就更使人感受到那隱藏在笑容後面的難過與悲傷。

「真不好意思！」

蜜側坐在榻榻米上，不由得歎氣。

「什麼事？……」

「我總覺得這樣出去不太好？」

「妳呀！真是傻瓜！」妙子提高嗓門說。「妳這種操心不是無意義嗎？我們有我們的命運，羨慕或嫉妒妳是我們不對。在這種地方，只要是正常人，無論是誰連一天都不想待，這是當然的。好了！快整理行李吧！」

被催促後，蜜打開衣櫥，拿下舊皮箱。其實說到整理行李，也不過是把幾件內衣褲和洋裝塞進這舊皮箱而已。

「喂！」

「什麼事？」

「我想把這個……」

加納妙子打開自己的抽屜，拿出銀色的戒指。

「給妳！」

「給我？」蜜眼睛睜得大大的，「給我？」

「是的！」

「為什麼要給我這樣的東西？」

「反正，」妙子現出哀傷的微笑。「這個對我來說已沒有意義了，本來打算在第一次個人演奏會時，戴著它出場；現在……這只戒指，對生病的我已經沒用了——最主要是，戴戒指的手指，已經扭曲成這樣了。」

妙子視線落在麻痺而彎曲的手指上，蜜不由得把眼睛從微弱陽光照射下的她身上移開。

「拿去吧！要是妳不討厭的話。」

「不是討厭……我……這麼高貴的東西……這戒指很貴吧？」

「戴上去吧！」

「真的？真的要給我？」

妙子點點頭，把戒指放在邊緣已有損傷的舊皮箱上。

蜜把內衣褲和毛線衣放進去後，已無事可做。時刻已近晌午，在工作坊和田裡工作的患者們快回來了吧！今天也和昨天、前天一樣，這病房裡面每天的作息仍然繼續著。不論是哪裡的世界，人都不得不過著貧乏、單調的日常生活。而當這些結束時，雜樹林中被泥土濺髒的墓地等待著大家。

「要回去了嗎？」

「嗯！」

兩人互視著站起身來。

「我不送了。送別，會令人難過。」

「好……」

一手提著皮箱的蜜，停在房間的門檻上，小聲說：

「再見！」

「再見！」

加納妙子轉過身子，背向門口，可是她的背在震顫著。是否在哭泣呢？蜜感到疼痛。

蜜來這裡的那天，是下著毛毛細雨，而現在同樣是一隻手提著舊皮箱走出病房；天空也和她此刻的心情一樣——是晴朗的。

從病房到巴士路，路兩側的洋槐，葉子被風吹翻了面，發出銀色的光輝。聽到栗樹林後小河的潺潺流水聲；上一次蜜就是蹲在栗樹林前，被修女們發現的。

越過小河，她又再一次回過頭往病院的方向眺望。如果小河是通向一般社會和那悲慘病院的境界線；那麼，現在，蜜又可以重新再踏入自由的世界了。

病院那邊沒有任何聲音傳來，一縷黑煙從修女們住的宿舍的煙囪升上藍空。然而在寂靜的世界裡面，蜜知道有什麼模樣的人活著，過著何種生活；蜜也了解那種痛苦，以及寢不成眠的晚上！

（不過……現在都和我無關了！）

把皮箱往巴士招呼站的地面放下，她故意不往醫院的方向看；因為有兩個一起等巴士的農婦，正以充滿好奇心的眼神，全身上下打量著蜜。

（不要這樣看我，我不是從那醫院出來的。）蜜在內心吶喊著。（不要以為我是那裡的患者，我沒生病，要是不相信去問問看好了。）

可是，這時蜜的眼前浮現出背對著自己，肩膀震顫著，強忍著不哭出來的加納妙子的影子。

也浮現出以充滿羨慕和嫉妒的眼神，從只打開一小細縫的窗戶中眺望著自己的幾個女患者的臉。

到昨天為止，那些人都很親切地和自己交談，也教自己刺繡。

蜜感覺像是背叛了她們似地，胸中感到疼痛。（我是個壞女孩……）

在巴士到來之前，蜜低著頭，用鞋尖不停地蹭著地面。

巴士抵達御殿場的車站了。耀眼的午後陽光，照射在廣場四周的土產店；店員正忙著用撢子拍打那些排列在店頭的竹子工藝品和大力餅上的灰塵。銀色的巴士，緩緩地從土產店之間通過，有電影海報的碎片飛過來。

蜜深深地再一次呼吸著又回到自己手中的世界的氣息。車站的時鐘正好指著一點半。

「算了！不馬上回東京也無所謂。」

即使回到東京，沒有家人也沒有房子；回到川崎的酒吧，一想到那宿舍也真令人難過。縱使自己說明沒病，經理和那些女服務生們，也不見得一定會相信。

手拿著皮箱，她徘徊在這陌生的御殿場的街上。化粧品店裡排列著各種化粧膏和白粉；飲食店的髒玻璃窗中，陳列著咖哩飯和中華麵的蠟製樣品。蜜貪婪地注視著這些從前連看也不看的，到處可見的東西；因為這些是她在只有消毒藥和死亡氣息的醫院中，已經遺忘了的東西。

從唱片行傳出流行歌曲的聲音，是蜜喜歡的田端義夫唱的。

走近電影院，正上映的兩部電影是大友柳太郎主演的《白假面城》和佐田啟二主演的《阮是行船郎》。佐田啟二並不是蜜喜歡的影星；已經好久沒看電影的蜜，在售票口急不可待地，從錢包裡掏出錢來。

在充滿廁所臭味的電影院內，觀眾寥寥無幾，銀幕上泛白的畫面流動著。蜜嘴裡嚼著從商店買來的花生，不時地歎著氣。在觀眾稀少的電影院內，女觀眾帶來的嬰兒哭了起來，還有小孩子站在放映機前，試著把自己的手放大映在銀幕上。

走出電影院時，午後的陽光已逐漸減弱。從前曾是驛站的這個小鎮，路面很窄，路上有陽光照射著；不知誰家的二樓，傳來練習「三味線」①的聲音。

回到車站，她問站務員下一班上行列車的時刻；回答她四點四十八分有一班慢車。

蜜把皮箱放在車站內的長條椅上，人坐在皮箱旁邊。頭上戴著斗笠，手裡拿著金剛杖的一群年輕人像是剛從山上下來，正看著時刻表，滿臉倦容。

（那天是否也是這群人？）

雖然只是三個星期之前的事，可是現在想來卻如夢幻般地遙遠。那天到達這御殿場是已過午時分，下著哀傷似的毛毛雨：同樣是要登山的年輕人，一直擔心著氣候不好呢！給自己牛奶糖的那個小姐，那個一開始就以為自己是本地人的小姐。

（那時候……真是討厭……）

蜜不知道還有許多形容詞可以用來表達痛苦，因此就連那時候像是被推入地獄的痛苦，也只會說：

（好討厭哪！）

她一直注視著手上黑褐色的痣。想起第一次到大學醫院那天，中庭裡有一隻被雨淋濕了的貓；也想起在從醫院到新宿的路上，不知往後該如何生活下去，拖曳著腳步的事。

（為什麼要嚐受那樣的苦呢？）

為什麼只有自己要受這樣的痛苦呢？山形修女說無論是怎樣的苦，都有它的意義！可是，在蜜小小的腦中，是不懂得這些道理的。

對面下行的貨物列車進站了，黑色的車廂上，用白粉筆寫著明顯的「留下」或「隔

---

① 譯註：日本三弦琴。

開」。

站務員用鐵條，邊走邊敲打車廂。

「那不是阿蜜嗎？阿蜜！」

無意中被人叫了一聲，蜜嚇了一跳回過頭來一看，有一個把頭巾在下顎打了結的年輕女孩對著自己笑；從肩部露出被曬成的褐色的手臂，一隻手還持著高爾夫球袋。

「阿蜜！妳忘了？怎麼了？呆呆地看著？」

不是呆呆地看著，她一眼就認出對方是三浦真理子；可是，不知為什麼，連一句話都說不出來……

「喂！怎麼了？」

「啊……是三浦小姐。」

「唉呀！總算認出來了。」

蜜又想起：那天，在新宿擁擠的人潮中看到真理子，故意避開她、躲開她的痛苦。再沒有比那時的自己更了解到，和她之間有著無法超越的距離。

「我陪伯父到河口湖②兜風。剛剛從車中往這邊瞧，看到妳好高興；現在在哪裡上班？還在東京嗎？」

臉上充滿著懷念山中湖的表情，她接二連三地問著。

「好壞呀！妳，還有阿好，信也不給我一封，我還以為妳已經結婚了呢……」

蜜臉上現出微弱的笑容搖搖頭。不知為什麼感到身心俱疲，幾乎連回答三浦真理子的力氣都沒有。

「三浦小姐，怎麼樣了？我一直以為妳已經嫁人了。」

「還沒有，不過……」

真理子露出喜悅的表情。

「總算找到了對象，不簡單吧！」

「哦……」

「是同公司的同事，我們是平凡的同事戀愛。」

停在車站前的汽車，傳來呼叫真理子的喇叭聲。

「對不起，那就再見了，好好保重呀！」

蜜注視著解下頭巾的她，所搭的車子從車站前消失。蜜毫不羨慕真理子，只是茫然地感到：自己生活的世界和她的世界，是天生的不同。

車站內的乘客突然增加了，上行的列車是否快到站了？剪票口拿著金剛杖的二三個乘客，也排起隊來了。

和蜜一樣把頭髮梳成三條辮子往下垂的當地女孩，提著皮箱站在她的後面；來送行的像

②譯註：位於梨山縣富士河口湖町，「富士五湖」之一。

是她母親的中年女人，和像是弟弟的小男孩，在她的旁邊不安地東張西望。

「不要把車票弄丟了喲！」

「嗯！」

「那邊的地址放在口袋了吧！」

不論女孩點多少次頭，母親還是不放心，一下子解開包袱巾看看，一下子又綁起來。

「不用擔心！已寄明信片給叔叔了。」

「知道了。」

女孩的臉頰紅得像蘋果，一定是剛從中學畢業，要到東京找工作。

蜜想起自己第一次上東京時的事：在車站搭火車時，來送行的嬸嬸，也同樣地一下子解開蜜的包袱巾，一下子又綁起來；也跟這位母親一樣，一直到火車進站為止，反覆地叮嚀不要把車票給掉了啦！不要忘掉地址啦……

（這個女孩會在東京的哪裡上班呢？）

蜜知道這個女孩，今後在東京會過著什麼樣的生活——為了不想被人嘲笑是鄉下人，她會拚命地想往上爬，每天對自己的一舉一動都戰戰兢兢；每逢休假的星期日，到新宿或澀谷玩時一定會大吃一驚；晚上看著星空遙想弟妹……然而，從今天起，自己又要回到東京，又要過著和以往一樣的孤單生活。

蜜想起川崎宿舍中，那又小又冷的房間。電燈沒有了燈罩，每當燈泡搖晃時，房裡就會映出暗暗的條紋；窗下臭水流過的路上，常有醉客在那兒撒尿。這個女孩要是身處那種環境，一定會想起故鄉的家或母親吧！然而，拋棄了家的蜜，連溫暖的回憶也沒有了；只有仰望天花板，把薄薄的棉被拉到下巴，瞪著搖來晃去的電燈影子罷了！

蜜現在知道得很清楚，縱使回到這普遍的社會，還是得繼續過著孤獨的生活。還記得去年的大年夜，自己一個人像是被拋棄的貓一樣，把凍僵的手放在火種稀少的火爐上烤，就這樣過了一個晚上；電車的聲音，使得用報紙塞住裂縫的玻璃窗輕輕地顫動；夠了！對那樣的生活已經受夠了！（可是有什麼辦法呢？沒有可去的地方……）

蜜多希望現在身旁能有人使自己的身體溫暖，不只是身體，還希望能有像母親那樣的人，偶爾可以把每天都疲倦不堪的頭，靠在對方的身上；好希望有人能聆聽自己遲鈍而又愚蠢的牢騷；還有看石濱朗的電影時，可以一起大笑的朋友；而且那個朋友能一輩子在自己的身旁，永不分離。這世上真沒有像這樣，能讓自己感到溫暖的人嗎？

她明明知道這是不可能的，但還是用眼睛捕捉著車站內的人群。可是，沒有人對這個提著皮箱、呆呆地站著的女孩多看一眼。匆忙的他們走近售票口，排在剪票處，然後走出車站。

「往東京的上行普通列車，在第二月台馬上就……」

擴音器傳來站務員高低抑揚的聲音，緩緩吐出蒸汽的灰色機關車和舊客車駛進月台。

這是開往東京的客車。然而，東京和那藏在雜樹林中的宿舍，又有哪裡不一樣呢？不管是新宿或川崎，人們都和這車站裡的人一樣忙碌、一樣冷淡，毫不在意地從蜜的身旁經過吧！偶爾坐在隔壁的人，也會和那三浦真理子一樣，不久也會把蜜給忘掉吧！

剛才那梳著三條辮子的女孩，從剪票口朝客車跑過去。座位似乎還很空，她可能以為不用跑會搭不上車吧！她從正中央的窗戶探出頭來，對著弟弟不知說些什麼。

蜜靠在剪票口，注視著那個女孩和母親、弟弟的舉動；那母親從大錢包中，拿出一張鈔票給女孩。

通知馬上要開車的鈴響了。

（現在，跑過去就行了。現在，用跑的還是趕得上火車！）

內心有一種聲音催促著蜜，但同時內心的另一角落卻想著：在雨中顫抖的雜樹林，和像軍營似的病棟。在自己捨棄的那病棟裡，現在女患者們是否還在刺繡呢？或許加納妙子一個人坐在那間病房？蜜還想起自己出院時，那種憋得慌的心情，還有眼光一直注視著自己的她們的臉！

鈴聲停止了，短暫的沉默之後，火車發出鈍重的聲音開動了。從火車頭噴出來的煙，纏繞著車廂，然後流向月台。

蜜拿著皮箱走出車站外面，然後緩緩穿過廣場，朝著巴士招呼站的方向走……

「那不是森田小姐嗎？」
山形修女眼睛睜得大大的，凝視著站在辦公室玄關的蜜。
「咦？妳沒搭上火車？」
蜜臉上現出常見的那種討好人的笑容。
「不！」
蜜搖搖頭。
「怎麼了？」
山形修女接過蜜的舊皮箱，走入空無一人的會客室。紅色的夕陽反射到玻璃窗上。
「到底是怎麼回事呢？」
有點擔心的修女，看著眼前這個女孩的臉。
「我回來了！」
「啊！為什麼？」
「為什麼？……」蜜有點難為情，吞吞吐吐地尋找能表現出現在自己心情的詞彙，「為什麼……」
然後刁蠻地用手指在桌上寫了些字。
「反正到哪裡……結果，都是一樣的。」
「可是……這裡是痲瘋病醫院呀！是大家都害怕的痲瘋病患者住的地方呀！」

「我，已經……不怕了。剛開始時討厭，不過現在已經習慣了！」

「不害怕了？可是，妳不是患者呀！」山形修女露出為難的表情。

「這不是妳住的地方。不是患者的人，妳們有妳們生活的世界，沒有必要特地住在只有疾病和痛苦的地方呀！」

「可是，妳自己還不是……住在這兒？」

這句話實在太天真了，因此修女吃驚地抬起頭來。

「我……我們是修女……照顧病人，當他們的朋友是我們這輩子的工作呀！」

「那……我也照顧患者，我不可以在這裡工作嗎？」

「森田小姐，妳不要開玩笑了！」

變得稍微嚴肅的山形修女，從椅子上站起來。

「不可以因一時的感傷或臨時起意，說出那樣的話。偶爾也會有女學生說出類似的、多愁善感的要求；可是，等到她們到這醫院來，看了患者們的樣子，聽到他們沙啞的聲音後，卻都嚇得臉色變白逃走了。」

「我已經聽過那聲音了。」

蜜把手交叉放在膝蓋上露出笑容。她不知道為什麼，現在山形修女會覺得自己「麻煩」？

「如果，我不可以留在這兒，那我就回去……」

「也不是不可以，可是……」

修女的表情顯得很為難。

「不過妳的父母親……」

「我爸爸沒問題的。我已經一個人獨立生活很久了。」

「真是傷腦筋……好吧！那麼今天晚上請再仔細考慮一下；妳一定會了解到現在只是一時的情緒作祟，明天又會想回東京去的。懂了嗎？」

蜜微笑地點點頭。修女為什麼把問題想得那麼複雜呢？不過，總算答應她留在這醫院一個晚上；既然有一個晚上，就會有兩個晚上；有兩個晚上，就會有一星期吧！

「加納小姐？」

「咦？」

「妙子小姐在哪裡呢？」

「啊！」山形修女站起來打開玻璃窗，「由於妳走了，她顯得很頹喪……剛剛還在田地那兒散步呢！」

「我可以去找她嗎？」

「當然可以。」

蜜飛快地跑出會客室。穿過病房與病房間的中庭，沿著雜樹林邊緣的傾斜地，就可以到田地。

幾道夕陽的光束，從雲間照射到樹林和傾斜地；田裡三個患者工作著的影子，如豆粒般大小。

蜜背對著夕陽的餘暉，在雜樹林邊緣停住腳步；以前曾帶著憎恨的心情，眺望過的這幅風景，現在卻讓蜜產生了彷彿回到故鄉般的思念情懷。森田蜜斜靠在樹林裡的一棵樹幹上，心裡咀嚼著那種情懷，仰望著夕陽的餘暉……

12

我的手記（七）

我和三浦真理子，是在第二年的九月下旬結婚的，地點是一向擁擠的明治紀念館。

那是個星期日，天氣晴朗，令人心情舒暢。各個學校似乎都在舉行運動會，施放煙火的響亮聲，從萬里無雲的天空傳到會場。

紀念館內一片混亂；那天舉行婚禮的不只是我們，會場入口的名牌上，十幾對新郎新娘的名字，排成一長列。當然吉岡家和三浦家的名字，也在名牌上。

請兄嫂從鄉下來幫忙張羅，剛在從沒穿過的、租來的禮服上扣領子時，長島打開準備室的門。

「這種熱鬧場面，怎麼樣！」

我和他是老朋友了，今天請他負責收禮處；他指著準備室外頭說：

「好像是一貫作業的方式！」

在通往會場的走廊上，蓋頭紗或戴面紗的新娘，一個接一個擦身而過，真的是一貫作業。

「這也是沒辦法的。我們薪水階級的生活，大家就像一貫作業中的一段。」

我邊穿著禮服的褲子邊回答他。「現在的社會，不重視個人的人格，什麼事都一視同仁；連死亡的時候，醫院不也是像東西一樣地，採取一貫作業的處理方式嗎？」

「唉呀！」

幫忙穿禮服的嫂嫂，叫了一聲。

「不要說這些不吉利的話，今天是大好日子呀！」

「是呀！長島，收禮處就麻煩你了。」

看長島穿著西裝、點點頭走出準備室的樣子，突然讓我想起學生時代，和他住同一房間的往事。想起我們戴著口罩，蓋棉絮都跑到外面來的棉被時的往事；想起我們一起吃雜燴，嚼明太魚的往事；那樣的我們，總算也抓到了平凡卻踏實的幸福。我和真理子結婚，等旅行回來後就從新的公寓到公司上班。不管有什麼事發生，我都不願失去這平凡卻踏實的幸福。

典禮很滑稽。留著鬍鬚的神主，拿著類似掃地的掃把，在我們頭上左右揮動；以沙啞的聲音唸祝賀辭時，真理子用手肘碰我，「好無聊哦！」「就是嘛！」

我們強忍著笑聲，避免被神主①和媒人聽到。我們的兩邊站著三四對兩家的親戚；其中，真理子的伯父——社長先生，兩手交叉在胸前，表情嚴肅地站著。

祝賀辭唸完後，社長滿意地拍拍我的肩膀。

「以後我們就是親戚了！」

「旅行回來後，公司的工作要好好幹呀！總之，我是打算以家族企業的方式，來經營這家公司的。」

社長這句話，遠比祝賀辭更有意義，比祝賀辭更能給我——我是真理子的丈夫——的實

① 譯註：日本神道之祭司。

際感覺。

典禮完了，小小的宴會也結束時，大家圍著我們三呼萬歲；叫聲最大、兩手揮動得最厲害的是長島，還是學生時代的老朋友，感情最深厚。其他的夥伴——公司的同事們，雖然也同樣地舉起兩手，但是他們眼中，隱藏著嫉妒我——和社長的姪女結婚——的目光。

「哼！讓他給高攀上了！」

「大學畢業的人，表現出來的就是不一樣！」

我耳中彷彿聽到他們在回家途中，這樣地交談著。不錯，我是攀上了，可是和真理子結婚，並不只是看上她和社長的關係；當然，我是有著這種企圖才和她交往的，可是我並不是不愛真理子呀！而且，現代人的愛情中，要完全摒棄自我主義的想法是不可能的；要是自我主義的說法不好聽，那就改說希望幸福的願望好了。我「攀上了」也是百分之百為真理子將來的幸福著想，這種想法又有什麼不好呢？

兩人從會場搭車到東京車站。

我們蜜月旅行的目的地是山中湖。原先也考慮過到熱海或箱根，可是在結婚的前一星期約會時，在咖啡廳中她突然說：

「記得嗎？公司到山中湖的事？」

「啊！我騎馬給妳看的時候？」

「你不是說你會騎馬嗎？」把臉埋在交叉著的兩手之間，笑了。「你還自負嗎？」

「哼……是誰嫁給自負的男人呀？」

「真傻！不過，我是因為那匹馬的關係，才喜歡上你……」

結論是應該向那匹劣馬道謝，兩人的蜜月旅行——繞富士五湖，是這樣突然決定下來的。

從東京車站搭火車到御殿場，再從御殿場雇車子上山中湖。

車越靠近湖邊，山林都發出金色的亮光，從金色的雜樹林中，看到湛藍的湖；晴空中一圈綣雲緩緩飄過。

「我會是個好太太喲！」

下車後兩人手挽著手，走下通往湖中的路上，真理子小聲地對我說。

「嗯！是嗎？那就一切拜託了。」

她好害羞，我不能不逗她一下；看她陶醉的模樣，我的背部好像得了蕁麻疹似癢癢的。

「馬小便的地方，是這裡吧?!」

「那些不雅的事，不要提了。」

「有什麼關係呢？是促成我們姻緣的馬小姐呀！」

住了兩夜，繞了一圈河口湖，第三天天空變陰了。那天黃昏，我們為了要到御殿場來，改搭巴士。

這裡的樹林，葉子已開始變紅了；雖然沒有湖邊那麼鮮豔，不過在下坡的巴士上，還有道路上，散落著片片黃葉。

「那時也經過這裡哪！」

真理子從皮包裡，拿出牛奶糖給我，那動作很自然地流露出為人妻的模樣，對我來說既稀奇又新鮮。

「那時候是……」

「公司舉辦旅行的時候呀！」

「是嗎？」

經她這麼一說，對彎曲的道路，還有道路兩旁的農家，似乎還有點印象。

「對了！在這裡……」

真理子認真地想證明自己的說法。

「那裡不就是大野先生問過的建築物嗎？」

「是哪個建築物？」

「您沒看到嗎？在樹林裡像軍營似的建築物呀！記得嗎？車掌小姐回答那是痲瘋病醫院……」

「……」

「後來大家趕緊關上窗戶，那時我好氣憤……」

我沒作聲，默默地把臉靠在巴士那髒了的窗戶上。長久以來，埋在記憶底下的一件心事，突然又湧現上來。那是，那個下雨天，在川崎的咖啡廳看到的蜜的臉；在被雨滴沾濕的頭髮下，哭喪著小而圓的臉；用幾乎聽不到的聲音說：

「我要到御殿場去！」

而那時，我的反應呢？我的眼中反射性地浮現出蜜手腕上那黑褐色的痣；在驚嚇和恐怖中，我握緊賬單。

「我不相信！」

「可是，醫生是這麼說的。」

「既然這樣，不可以到這地方來，還是回家睡覺吧！妳不是生病了嗎？」

說了些不負責任的話之後，我從椅子上站起來。

「把妳叫出來，這是我的不對；不過，我並不知道還有這麼一回事……不要喪氣哦！可以治好的，有很好的藥吧！」

嘴裡還勉強說些安慰的話，其實內心卻希望趕快離開蜜。

走出咖啡廳，雨，還下著。蜜濕了的頭髮緊貼在臉上，我小聲地說再見，就快步走向車站。只回過一次頭來，在人行道上擁擠的人群中，已看不見蜜的影子了。

（蜜……會在雜樹林中嗎？）

我把臉貼在巴士的窗上想著，窗戶被我的呼氣渲染得變白了。隨著巴士繼續行駛，那褐色的樹林和變黑的、木造的像軍營的病院，很快地從視野中消失了。

「怎麼了？」

真理子靠在我肩上問。

「想些什麼呢？你似乎不覺得幸福？」

「好幸福喲！」

是的，我認為自己是幸福的。我希望和這小小的幸福無關的事，以及陰影落在幸福之上的事，都和我自己無關。

話雖如此，那年年底，我還是寄了賀年卡給蜜。

到結婚為止，我從沒給人寄過賀年卡，不過，現在不一樣了。真理子說對媒人以及照顧我們的人不能夠失禮，她不希望因為小小的疏忽，而被人認為是不懂禮節的夫婦；這是她的主張。

十二月的某天晚上，兩人一起寫著賀年卡。我們住在位於目黑區的公寓，但是跟學生時代的公寓可不同了；有衣櫥，也有化粧台，還有洋娃娃。穿著和服的真理子，坐在我旁邊，伸出白皙的手磨著墨。

還剩下大約十張左右，我寫了一張給長島，還有在幫我找工讀機會的金先生那張賀年卡上寫著：

「有空歡迎來寒舍一遊！」

接下來，腦中想起蜜的名字時，我偷偷地瞄了一下真理子的臉。她專心地寫著自己的賀年卡，似乎沒有察覺到我有什麼「異動」。

我拿起筆只寫上：

「恭賀新年，希望恢復健康。」

她的地址我只知道在御殿場；不過，痲瘋病醫院應該只有那一所才對。若無其事地把那張賀年卡放入西裝的口袋裡。

為什麼那時會有寄賀年卡給蜜的念頭產生呢？或許是因為跟現在自己所抓住的幸福相比較，在川崎見到的蜜的樣子，實在太悽慘、太可憐了。不錯！我那時的心情，包含著對那女孩的憐憫；雖然那只不過是暫時性的情緒罷了，可是憐憫畢竟是憐憫，是假不了的。

沒有回信來，不……還是沒收到回信的好；沒收到對我的心理是較不會有負擔的。

可是，新年到了；一月底東京的街上，新年的裝飾物才剛剛被拆下來。有天早上當我踩著下了霜的道路，準備到公司上班時，公寓的歐巴桑轉給我一封信。

一眼看到御殿場的復活醫院幾個字時，我趕緊把信放入口袋裡，不希望被真理子看到。

那天，公司裡很忙，內心雖然直惦記著口袋中的信，但是等到打開看時卻已是黃昏時候了。在公司租來當辦公室的小小大樓的屋頂上，我掏出那已弄皺了的信。

寄信人並不是森田蜜，信封背面用漂亮的字寫著奇怪的名字——山形修女；看完內容後才知道，她是在痲瘋病醫院裡服務的修女。

看信時內心所感受的驚異與衝擊，在此不提；只是當時腦中一片混亂，第一張信紙，要不是反覆看了幾遍，根本不了解信中的意思。

「首先，我要對前些日子您寄給森田小姐的賀年卡，拖延到今天才回信，表示我由衷的歉意。儘管我早想回信給您，並告訴您阿蜜（我們還有患者們都這麼稱呼她）身上發生的事；可是，因為事務繁忙，所以才拖延至今。

拜讀了您寄給阿蜜的賀年卡，似乎對阿蜜後來的遭遇完全不知？其實，阿蜜在本院所做的精密檢查，結果是呈陰性反應；也就是說她根本不是痲瘋病患。這種誤診的例子，只有千分之一的比率，我想這對阿蜜是一項很大的打擊。

可是，後來阿蜜還繼續留在醫院裡，她說回到東京也是一樣的；所以她沒有像一般人那樣開開心心地離開醫院。她不願離開這人人討厭的世界，希望能留在這兒工作——這是阿蜜自己的願望。

老實說，我們修女們原本還以為她只是一時的衝動或感傷罷了。我們修女的信念裡有一句是愛德的實踐，從這愛德的實踐中，修女獲得生活下去的精神支柱；愛德既不是感傷也不是憐憫。一般人同情悲慘的人或可憐的人，可是同情也不過是人的一種本能或感傷反應，並不等於需要做痛苦的努力或忍耐的愛；因此我們本來以為阿蜜只是一般沒生病的、幸福的人，對為疾病所苦的患者，自然產生的臨時性的同情罷了！

因此，我們之所以接受阿蜜希望為患者工作的要求，說實話是因為她肯幫忙做雜事；對不得不節省人事費用（痲瘋病醫院光靠國家少許的補助和一般善心人士的捐贈，根本無法維持）的醫院來說，是很有幫助的。在醫院裡：輕症患者負責病房的清掃，而修女們的工作是準備伙食和負責廚房的工作；然而把患者種的農作物和刺繡品，送到御殿場的商店，就不是患者們做得來的了，阿蜜順理成章地幫助人手不足的我們做這件工作了。

現在我還記得很清楚阿蜜工作的樣子。

我想您也知道的，阿蜜很喜歡唱流行歌曲；她頭上包著白布，在飯廳裡邊排碗盤，邊唱著各種歌曲。剛開始時也有外國修女討厭她那麼大聲地唱粗俗的歌曲，但是沒多久，大家對阿蜜的純真，也都不以為意了；像我這種不懂世事的人，也從她那兒學會了〈黃昏的伊豆山〉這首流行歌曲，有時也會偷偷地唱了起來。

除了流行歌曲之外，阿蜜還喜歡看電影。醫院每個月會從御殿場的電影院租來一部片子，放映給患者們看。每到那一天，阿蜜就沉不住氣了，她和患者們混在一起，在食堂兼娛樂室中看電影；電影開始放映時，叫得最大聲、最吵的就是阿蜜。

所以，她自己一個人也不到外面的電影院去了。有一兩次我對她說：

『阿蜜！星期天到御殿場去玩玩，看場電影也好。』

『不！』

她搖搖頭。

『怎麼了？不是有好的電影正上映著嗎？』

『您呢？』

『我不行，我是修女，不能隨便出去。不過，阿蜜妳是自由的，去吧！』

『我也不去。』

『為什麼？』

『可是……』她現出為難的表情，『患者們不能在別的地方看電影吧！要是我一個人去……不能去的患者好可憐呀！』

『可是……妳……』

『算了！就算我一個人去看，心裡也惦記著患者……這也沒什麼意思呀！』

她這樣的行為，完全是自發的，我剛剛說了些自大的話；愛德不是對悲慘的人所產生的臨時性感傷或憐憫，是需要忍耐和努力的行為。而阿蜜對於痛苦的人，根本不需要像我們那樣的努力和忍耐，馬上就可以和對方同甘共苦；不！我並不是說阿蜜的愛德行為中沒有努力或忍耐，而是說她在愛德的行為上，絲毫看不出有做作的痕跡。

我常拿自己和阿蜜相比較，而自我反省著；對聖經裡所說的『汝，要如幼兒』的話，我也懂得它的意義，對喜歡〈黃昏的伊豆山〉的流行歌曲，把石濱朗照片貼在自己小房間牆壁上的平凡女孩；像這樣的阿蜜，我想神會更喜歡她的。我不知道您是否相信神，我們所信仰的神，命令我們要比任何人更像幼兒那樣；單純地、率宜地對幸福感到喜悅；單純地、率直地愛人的人，也就是『像幼兒』的意思吧！

可是，阿蜜對我們修女們所信仰的神，她絕不信服。

我自己對阿蜜也跟對其他的患者一樣，並不勉強他們信神；我和阿蜜有過兩三次像這樣的交談。

我記得那是去年十二月初的事。醫院裡有四個兒童患者（或許您會懷疑，小孩也會患瘋瘋病嗎？其實抵抗力越差的小孩，這種疾病惡化的速度更快）。在這些兒童患者當中，有一位名叫阿壯的六歲小男孩；當他患肺炎時，阿蜜寸步不離地看顧他。在醫院裡阿蜜很喜歡小孩是有名的，她經常從自己那少許的薪水中，拿出錢來買東西給小孩；而阿壯也似乎特別喜歡她。

阿壯的瘋瘋病毒已經侵蝕到神經了，再加上急性肺炎，幾乎到了回天乏術的地步，而他又是盤尼西林的過敏患者，所以連那種特效藥也不能用在他身上。

三天裡，阿蜜幾乎都沒闔過眼睛，整天照顧著這個小男孩；到了第三天，阿蜜瘦得好厲害，連眼睛都充血了，因此我要她回自己的房間去休息。

『可是……要是我不在，阿壯就沒人照顧他呀！』

阿蜜邊把冰袋中的冰弄碎，邊搖搖頭；她那凍傷了的手，已腫成了青紫色。

『沒關係的，我們會接替妳照顧阿壯；重要的是妳已經太累了，身體已快受不住了。』

我回答著阿蜜。

『我昨天晚上向神祈禱，希望神能夠幫助阿壯度此難關：縱使要我代替阿壯患痲瘋病都行，是真的！』

阿蜜態度很認真地說著。

『如果真的有神……祂會答應我這個願望嗎？』

『妳呀！真是糊塗！』我表情嚴肅地責備她。『去睡吧！妳連神經都疲倦了呀！』

我的眼前彷彿出現了昨夜阿蜜祈禱的神情——這個女孩很認真地兩手合十，跪在冰冷的木造病房的榻榻米上，祈禱著只要阿壯獲救，自己無論怎樣的痛苦都能忍耐……如果，您真的很了解阿蜜的話，相信對我這個『想像』，您一定不會認為是『虛假』的吧？

令人悲傷的是，小孩在五天之後斷了氣；阿蜜那時所感受的痛苦，在這裡我也不多提了；但是她非常生氣地、明確地對我說：

『我不相信真的有神，世界上會有那樣的東西嗎？』

『為什麼呢？是因為阿壯死了？還是因為神沒有聽妳的祈禱？』

『不是的，那件事，現在已都過去了……只是，我不了解神為什麼連像阿壯那麼幼小的生命，都要讓他嚐受痛苦呢？虐待小孩是不可以的，我不會相信虐待小孩的東西！』

對於給予純真的小孩痲瘋病的命運，而且以死亡結束小孩生命的神——阿蜜似乎在揮動著小拳頭。

『為什麼？沒做什麼壞事的人，要承受這樣的痛苦？醫院裡的患者，大家都是好人呀！』

阿蜜否定神是出於苦惱的意義之認識，阿蜜只要看到痛苦的人，隨時都會受不了的；可是，要怎麼說明才好呢？其實在人受苦的時候，主也分擔著同樣的苦痛，這是我們的信仰。不論怎樣的痛苦，都比不上孤獨的絕望；再沒有比只有自己一個人痛苦，更令人絕望了。可是，人即使是單獨在沙漠中，也並不是只有他一個人在受苦，我們的痛苦一定會和別人的痛苦相連的；但是這個道理，要怎麼說阿蜜才會懂呢？不！蜜已經在她那自己的人生中，不自覺地實踐了痛苦的共嚐了。

對不起！繞了個大圈子，和前面的東西可能不連貫：這是因為我只能利用工作間的少許時間，一次寫一點點的關係：也因此寫這封信花了相當長的時間，希望您能諒解。

接下來我不得不告訴您那件令人難過的事。

那件意外是發生在十二月二十日，因為二十四日是聖誕夜，在那一天我們每年都贈送患者東西。在預算少的醫院裡，是送不起什麼大禮物的，不過，至少我們希望患者們在聖誕夜，能暫時忘記自己不幸的疾病。

二十日下午，我差遣阿蜜到御殿場去，把患者們生產的雞蛋和刺繡品，送到御殿場那些對我們理解的商店，換取金錢，然後分給患者們當零用錢。

現在想來，那天要是我自己去就好了；阿蜜經常很樂意幫忙做這件事，而且那天我剛好有別的事很忙。記得阿蜜和幫忙雜務的島田先生，是在三時過後一同乘坐三輪鐵牛車出發的；她口中又哼著『伊豆山』的那首流行歌曲。患者們對她說：

『阿蜜！發揮妳的魅力，要多賣些好價錢喲！』

『小心啊！不要把雞蛋弄破了！』

五點半時醫院內電話響起，是御殿場的警察打來的；我拿起話筒聽到阿蜜的名字和發生車禍的事，還有急救醫院的地址，放下話筒後我的手顫抖了好久……

後來我是怎麼趕到阿蜜急救的醫院去呢？現在連我自己也說不上來了。

總之趕到時，阿蜜早已昏過去了，聽說流血過多，而且頸骨斷了；手上、腳上插著輸血針，鼻子裡也插著氧氣管，小小的胸部像波浪似地浮上來，又沉下去。

聽島田先生說，阿蜜小心地抱著雞蛋箱子，想穿過御殿場的廣場時，有輛卡車從側邊倒車過來；要是阿蜜手上沒拿雞蛋，就可以迅速地移動身體，或許還可以避開車子。然而當時的阿蜜，兩手抱著患者們生產的雞蛋箱，就那樣被卡車從側面撞倒了。

『蛋！蛋！』

聽說到失去意識為止，大約有兩分鐘的時間，阿蜜嘴裡還一直喊著蛋——患者用不靈活的身體，和神經不正常的手所飼養的蛋，在廣場中央破碎了，蛋液流了整個地面，而阿蜜就臥倒在蛋黃當中……

阿蜜持續昏睡了四個小時，聽說這是因為心臟功能很好才能夠維持這麼久；換成是一般人的話，脈搏早就停止了。我們不斷地要求醫生打強心劑，可是阿蜜一直都沒醒過來；到了晚上十時二十分，阿蜜終於斷氣了，在斷氣之前，我擅作主張打電話給御殿場的教會，請神父前來靜靜地為阿蜜洗禮。

在昏睡期間，阿蜜只叫過一次，要是我沒聽到那句話，我想我就不會寫這麼長的信給您了。我不知道阿蜜和您是怎樣的朋友，而且關於這一點我也從未由阿蜜那兒聽過什麼；可是，昏睡中的阿蜜，只睜開過一次眼睛，手伸出來好像要找什麼東西似的。

『吉岡先生，再見了！』

這是阿蜜那時說的話，除了這句話，她什麼都沒說。

我剛把阿蜜的遺物——其實只是一個小小的舊皮箱，寄到她在川越的老家。我手裡拿著她的褻衣和毛線衣，心中又再一次思索著；自從那次之後，已經想過好幾次的事——要是神問我，最喜歡的人是誰？我會馬上這麼回答：像阿蜜那樣的人；要是神問我，想成為怎樣的人？我也會馬上回答：像阿蜜這樣的人……。」

我注視著那封信，良久，良久；與其說是看信不如說是讀信……

（不是沒什麼嗎？）

我對自己說。

（不管是誰……只要是男的，誰都會做那種事，又不只是我。）

為了確定自己的想法，我靠在屋頂上的扶手，注視著黃昏的街上。在灰雲下，有無數的大樓和住家，大樓和住家之間有無數的路；路上也有無數的巴士、車子行駛著，行人走著；那兒有著無數的生活和各式各樣的人生。在無數的人生當中，我在蜜身上所做的事，只要是男人，誰都會有過一次經驗；應該不只是我，可是……可是我卻有種寂寞感，這到底是從哪裡來的呢？我現在已擁有小小的卻很踏實的幸福，我不想因為和蜜的記憶而捨棄那幸福；然而，這寂寞到底是從哪裡來的呢？要是蜜教了我什麼，那可能是：掠過我們人生的，儘管只是一次，也一定會留下永不磨滅的痕跡；而那寂寞可能就是從這痕跡而來的吧？還有，這修女所信仰的神，要是真的存在，那麼這就是神透過那樣的痕跡對我們說話？然而……這寂寞到底是從哪裡來的呢？

在澀谷旅館的那件事，又在我心中甦醒過來：牆壁上那打死蚊子所留下的痕跡，濕氣濃厚的棉被，還有那窗外下著的雨；雨中的斜坡路上，肥胖的中年女人無精打采地走著……這就是人生！而，在這人生當中，不管怎樣，我曾和叫作森田蜜的女孩交往過。在黃昏的雲霞下，有著無數的大樓和住家，巴士、車子行駛著，人走著，和我一樣地，和我們一樣地……。

遠藤周作年表

一九二三年　大正十二年　零歲

三月二十七日，生於東京市巢鴨，父常久，母郁子，上有長兄正介。其時，父服務於安田銀行（現為富士銀行），母係上野音樂學校（現為東京藝術大學）小提琴科學生，與安藤幸（幸田露伴之妹）同受教於莫基雷夫斯基。

一九二六年　昭和元年・大正十五年　三歲

父調職，遂舉家遷往大連。昭和四年入大連市大廣場小學，成績較長兄為劣。寒冬中，目睹母終日練小提琴，手指出血，大受感動且了解藝術之艱辛。

一九三三年　昭和八年　十歲

父母離異，遠藤隨母返日，轉入神戶六甲小學。姨母係虔誠之天主教徒，常帶遠藤上西宮市之夙川教會。

一九三四年　昭和九年　十一歲

於復活節受洗，聖名保羅。

一九三五年　昭和十年　十二歲

六甲小學畢業，入私立灘中學（現為灘高中）。同學中有楠本憲吉。嗜讀十返舍一九之《東海道中膝栗毛》。

一九四〇年　昭和十五年　十七歲

自灘中學畢業。

一九四三年　昭和十八年　二十歲

重考三次均名落孫山，第四年始考入慶應大學文學部預科。因違背父意，執意入文學部，被斷絕父子關係，寄居友人利光松男家，半工半讀。後搬入學生宿舍，受舍監哲學家吉滿義彥氏影響，閱讀馬利坦（Jacques Maritain）作品，又受友人松井慶訓之影響，閱讀里爾克（Rilke）作品。因吉滿介紹得識龜井勝一郎，翌年訪堀辰雄。

一九四五年　昭和二十年　二十二歲

徵兵體檢為第一乙種體位，然因罹患急性肋膜炎遂延期入伍，一直到大戰結束皆未入伍。四月，入慶應大學文學部法文系，受教於佐藤朔。閱讀莫里亞克（François Mauriac）、貝爾納諾斯（Georges Bernanos）等法國現代天主教文學。上一屆學長中有安岡章太郎。次年回到父親身旁。

一九四七年　昭和二十二年　二十四歲

隨筆〈諸神與神〉受神西清賞識，刊登於《四季》第五號。同月，評論〈天主教作家之問題〉發表於《三田文學》。

一九四八年　昭和二十三年　二十五歲

因神西清推薦，評論〈堀辰雄論備忘錄〉刊登於《高原》三、七、十月號。

一九四九年　昭和二十四年　二十六歲

三月，自慶應大學法文系畢業。五月，發表評論〈神西清〉（《三田文學》）、〈傑克・里威爾——其宗教之苦惱〉（《高原》）。六月，因佐藤朔介紹，成為鎌倉文庫特約撰稿人；後公司經營不善，宣告破產。後入其兄服務過之天主教文摘社。成為《三田文學》同人（會員），得識丸岡明、原民喜、山本健吉、柴田錬三郎、堀田善衛等。

一九五〇年　昭和二十五年　二十七歲

一月，發表評論〈佛蘭索瓦・莫里亞克〉於《近代文學》。六月五日以戰後第一批留學生身分赴法留學，研究法國現代天主教文學。十月，入里昂大學，受教於巴第教授門下。在里昂兩年半期間，因三田學長大久保房男的好意，於《群像》發表〈戀愛與法國大學生〉等有關法國學生的生活隨筆數篇。

一九五一年　昭和二十六年　二十八歲

三月於里昂接到原民喜自殺的訃聞，夏季，為求理解莫里亞克《寂寞的心靈》（*Therese Desqueyroux*，又譯「泰芮絲的寂愛人生」）作品，到該書背景的蘭德旅行。

一九五二年　昭和二十七年　二十九歲

一月發表〈追尋提列茲之影——給武田泰淳氏〉（《三田文學》）27・1

一九五三年　昭和二十八年　三十歲

轉往巴黎，病發，入裘爾坦醫院就醫，一直未康復，二月搭赤城丸返日。五月，發表〈原民喜與夢幻少女〉（《三田文學》）。七月，發表〈留法日記〉（《近代文學》八～十、十二月號）。八月，出版第一本書《法國的大學生》（早川書房）。

一九五四年　昭和二十九年　三十一歲

四月，任文化學院講師。透過安岡章太郎的介紹與谷田昌平加入「構想之會」，結識吉行淳之介、庄野潤三、遠藤啟太郎、三浦朱門、進藤純孝、小島信夫等。又接受奧野健男的建議加入《現代評論》，於六月創刊號發表〈馬爾奇・特・薩德評傳一〉。不久，與服部達、村松剛提倡形而上批評。十一月於《三田文學》發表第一篇小說〈到雅典〉。該年母郁子逝世。

一九五五年　昭和三十年　三十二歲

〈白色人種〉發表於《近代文學》（五、六月號），七月該小說獲第三十三屆（昭和三十年度上半期）芥川獎。九月，與岡田幸三郎氏長女順子結婚。十一月，發表〈黃色人種〉（《群像》）。

一九五六年　昭和三十一年　三十三歲

六月，長男誕生，為紀念獲芥川獎而命名為龍之介。十一月，出版評論集《神與惡魔》（現代文藝社）。十二月，出版《綠色小葡萄》。該年受聘為上智大學文學部講師。

一九五七年　昭和三十二年　三十四歲

〈海與毒藥〉發表於《文學界》（六、八、十月號）。十月，出版《相戀與相愛》（實業之日本社）。

一九五八年　昭和三十三年　三十五歲

三月，出版短篇小說集《月光之假面舞面》（東京創元社）。四月，出版《海與毒藥》（文藝春秋社）。九月底，與伊藤整、野間宏、加藤周一、三宅艷子、中川正文等出席亞洲作家會議，回程繞到蘇俄，於十一月返日。十二月，《海與毒藥》獲第五屆新潮社獎、第十二屆每日出版文化獎。是年起至翌年止，於成城大學講授法國文學論。

一九五九年　昭和三十四年　三十六歲

十月，出版《傻瓜先生》（中央公論社），為蒐集薩德資料，偕夫人渡法，會見薩德專家吉爾貝爾·烈李伊、比耶爾·庫洛索斯基，繞英、法、義、希臘、耶路撒冷，於翌年一月返日。

一九六〇年　昭和三十五年　三十七歲

返日後，結核病復發，入「東大傳研醫院」，年底轉慶應醫院。八月，出版《新銳作家叢書6·遠藤周作集》（筑摩書房）。九月，出版《火山》（文藝春秋新社）。六月，發表〈絲瓜君〉（《河北新報及其他》（連載至十二月。十二月，出版《聖經中的女性們》（角川書店）。

一九六一年　昭和三十六年　三十八歲

五月，出版《絲瓜君》（新潮社）。該年病情惡化，肺部動過三次手術。

一九六二年　昭和三十七年　三十九歲

七月出院，體力仍未恢復，僅發表少數短文。九月，出版《安岡章太郎·遠藤周作集》

（《昭和文學全集20》，角川書店）、《遠藤周作集》（《長篇小說全集33》，講談社）。

一九六三年　昭和三十八年　四十歲

一月，發表〈男人與八哥〉（《文學界》）、〈前一天〉（《新潮》）、〈童話〉（《群像》）。八月，發表〈我的東西〉（《群像》）。十月，發表〈雜樹林中的醫院〉（《世界》）。十一月，發表〈十字路口的揭示板〉（《新潮》）。該年，由駒場遷至町田市玉川學園，新居命名為「狐狸庵」，之後，號「狐狸庵山人」。

一九六四年　昭和三十九年　四十一歲

二月，發表〈四十歲的男人〉（《群像》）。三月，出版《我·拋棄了的·女人》（文藝春秋新社）及《遠藤周作·小島信夫集》（《新日本文學全集9》，集英社）。七月，出版《絲瓜君》（東方社）。九月，發表〈歸鄉〉（《群像》）。十月，出版《一·二·三！》（中央公論社）。

一九六五年　昭和四十年　四十二歲

一月，發表〈大病房〉（《新潮》）及〈雲仙〉（《世界》）。六月，出版《狐狸庵閒話》（桃源社）、《留學》（文藝春秋新社）。十月，出版《哀歌》（講談社）。該年，為新潮社撰寫長篇小說取材，與三浦朱門數度遊長崎、平戶。

一九六六年　昭和四十一年　四十三歲

三月，出版《沉默》（新潮社）。五月，發表戲劇〈黃金國〉（《文藝》），出版《遠藤周作集》（《現代之文學37》，河出書房）。十月，發表〈雜種狗〉（《群像》）、《協奏天曲》（講談社）。《沉默》獲第二屆谷崎潤一郎獎。該年起任成城大學講師三年，講授「小說論」。

一九六七年　昭和四十二年　四十四歲

一月，發表〈化妝後的男人〉（《新潮》）、出版《福永武彥・遠藤周作集》（《我們的文學10》，講談社）。五月，當選日本文藝家協會理事。出版《吊兒郎當生活入門》（未央書房）、《切支丹時代的知識分子——叛教與殉教》（三浦朱門合著，日本經濟

受好友葡萄牙大使阿爾曼特・馬爾提斯之招待訪葡，獲頒騎士勳章。八月，新聞社）。七月，發表〈如果〉（《文學界》）、〈塵土〉（《季刊藝術》）。八月，

一九六八年　昭和四十三年　四十五歲

一月，發表〈影子〉（《新潮》）、〈六日之旅〉（《群像》）。二月，發表〈名叫優麗亞的女子〉（《文藝春秋》）。三月，出版《堀田善衛・遠藤周作・阿川弘之・大江健三郎集》（《現代文學大系61》，筑摩書房）。八月，發表〈暖春的黃昏〉（《中央公論》）。九月，出版《有島武郎・椎名麟三・遠藤周作集》（《日本短篇文學全集21》，筑摩書房）。十一月，出版《影子》（新潮社）。該年，任《三田文學》總編輯，任期一年。

一九六九年　昭和四十四年　四十六歲

一月，發表〈母親〉（《新潮》）。為新潮社準備長篇小說，前往以色列、羅馬，二月返日。二月，發表〈小鎮上〉（《群像》），出版《遠藤周作集》（《新潮日本文學56》，新潮社）。四月，出版《遠藤周作集》（大光社），應美國國務院之邀赴美，五月返

日。八月，出版《不得了》（新潮社）、《中村真一郎．福永武彥．遠藤周作集》（中央公論社）、《遠藤周作幽默小說集》（講談社）。十一月，發表〈學生〉（《群像》）、〈加里肋亞的春天〉（《群像》）。

一九七〇年　昭和四十五年　四十七歲

二月，出版《遠藤周作怪奇小說集》（講談社）。四月，與矢代靜一、阪田寬夫、井上洋治前往以色列，五月返日。十月，發表〈巡禮〉（《群像》）。

一九七一年　昭和四十六年　四十八歲

一月，出版《切支丹的故鄉》（人文書院）。五月，出版《母親》（新潮社）。九月，出版《遠藤周作》（《現代的文學20》，講談社）。十月，出版《埋沒的古城》（新潮社）。十一月，出版《遠藤周作劇本集》（講談社）。該年，獲羅馬教廷頒贈西貝斯特理勳章。

一九七二年　昭和四十七年　四十九歲

一月，發表〈僕人〉（《文藝春秋》）。三月，出版《現在是流浪漢》（講談社）、

《狐狸庵雜記》（每日新聞社）。為晉見羅馬教宗，與三浦朱門、曾野綾子訪羅馬；為完成《死海之畔》前往以色列，四月返日。十月，出版《吊兒郎當人類學》（講談社）；任文藝家協會常務理事。該年，《海與毒藥》英譯本出版；《沉默》在瑞典、挪威、法國、荷蘭、西班牙等國翻譯出版。

一九七三年　昭和四十八年　五十歲

一月，出版《狐型狸型》（番町書房）。四月，出版《吊兒郎當愛情學》（講談社）。六月，出版《死海之畔》（新潮社）。九月，出版《湄南河的日本人》（新潮社）。十月，發表〈手指〉（《文藝》），出版《耶穌的生涯》（新潮社）。十一月，出版《遠藤周作第二幽默小說集》。十二月，出版《吊兒郎當怠談》（每日新聞社）。

一九七四年　昭和四十九年　五十一歲

一月，出版《吊兒郎當好奇學》（講談社）、《小丑之歌》（新潮社）。七月，《遠藤周作文庫》（共五十一冊，新潮社）開始發行。十月，出版《喜劇新四谷怪談》（新潮社）、《最後的殉教者》（講談社）。為新潮社的長篇小說取材，前往墨西哥，同月返日。

一九七五年　昭和五十年　五十二歲

二月，出版《遠藤周作文學全集》（全十一卷，新潮社），至十二月出齊；接受日航招待，與北杜夫、阿川弘之遊歐，同月返日。八月，出版《遠藤周作推理小說集》（講談社）。

一九七六年　昭和五十一年　五十三歲

四月，發表〈聖母頌〉（《文學界》）。六月，為《鐵之枷鎖——小西行長傳》取材，前往韓國，同月返日。七月，出版《我的耶穌——為日本人而寫的聖經入門》（祥傳社）。九月，應美國日本學會之邀前往美國，於紐約演講。繞道洛杉機、舊金山，於同月返日。

一九七七年　昭和五十二年　五十四歲

一月，擔任芥川獎評審委員。四月，出版《鐵之枷鎖——小西行長傳》（中央公論社）。五月，出版《走馬燈——他們的人生》（每日新聞社）。

一九七八年　昭和五十三年　五十五歲

四月，以《耶穌的生涯》獲國際達克．哈瑪紹爾特獎。七月，出版《基督的誕生》（新潮社），該年，義大利翻譯《耶穌的生涯》，波蘭翻譯《我．拋棄了的．女人》，英國翻譯《火山》出版。

一九七九年　昭和五十四年　五十六歲

二月，《基督的誕生》獲讀賣文學獎。為《山田長政》一書取材，前往泰國，同月返日。三月，搭伊莉莎白皇后號油輪訪大連，同月返日。四月，出版《槍與十字架》（中央公論社）。該年，獲日本藝術院獎。

一九八〇年　昭和五十五年　五十七歲

四月，出版《武士》（新潮社）。五月，率劇團「樹座」赴紐約。九月，出版《作家的日記》（作品社）。十二月，出版《正午的惡魔》（新潮社）。《武士》獲野間文藝獎。

一九八一年　昭和五十六年　五十八歲

四月，出版《往王國之道——山田長政》（平凡社）。六月，發表〈頒獎之夜〉（《海》）。這年獲選聘為藝術院會員。

一九八二年　昭和五十七年　五十九歲

一月，出版《女人的一生——第一部》。三月，出版《女人的一生——第二部》（朝日新聞社）。四月，英國翻譯《武士》出版。十一月，出版《冬之溫柔》（文化出版局）。

一九八三年　昭和五十八年　六十歲

四月，發表〈六十歲的男人〉（《群像》），出版《惡魔的午後》（講談社）。六月，出版《對我而言神是什麼》（光文社）。八月，出版《多讀書、多遊玩》（小學館）、《遇見耶穌的女人們》（講談社）。

一九八四年　昭和五十九年　六十一歲

九月，出版《活生生的學校》（文藝春秋社）。英國翻譯出版短篇小說集（〈四十歲的男人〉等十篇）。

一九八五年　昭和六十年　六十二歲

四月，往英國、瑞典、芬蘭旅行，於倫敦某飯店偶遇格雷安．葛林，相談甚歡。六月，當選日本筆會第十任會長。赴美，往聖．克拉拉大學接受名譽博士學位。七月，出版《我喜愛的小說》（新潮社）。十月，出版《追尋真正的我》（海龍社）。十二月，出版《宿敵》（上／下）（角川書店）。

一九八六年　昭和六十一年　六十三歲

一月，出版《心之夜想曲》（文藝春秋）。三月，出版《醜聞》（新潮社）。五月，率劇團「樹座」赴倫敦第二次海外公演，上演《蝴蝶夫人》。十一月八日，應台灣輔仁大學外語學院之邀蒞台，於「第一屆國際文學與宗教會議」中演講，同月十二日返日。《母親》、《影子》中譯本出版。

一九八七年　昭和六十二年　六十四歲

一月，辭去芥川獎評審委員。二月，出版《我想念的人》（講談社）。五月，遠赴美國，獲喬治大學贈予名譽博士學位，同月歸國。十月，應韓國文化院之邀訪韓，會晤作家尹興吉，同月歸國。十一月，偕妻參加「沉默」之舞台，長崎外海町的「沉默之碑」揭幕典禮，碑上刻有「主啊！人類是如此悲哀，大海卻異常蔚藍。」十二月，遷居目黑區中町，出版《像妖女般》（講談社）。該年，日本筆會會長改選，遠藤先生蟬連。加賀乙彥受洗時，遠藤為其教父。

一九八八年　昭和六十三年　六十五歲

一月，於《讀賣新聞》連載以戰國新史料《武功夜話》為資料的戰國三部曲開端〈反逆〉，直到隔年二月。《武功夜話》於一九八七年由新人物往來社出版（全．四卷．補卷一），遠藤讀後，拜訪其舞台愛知縣江南市舊前野村，及附近木曾川川筋眾的故鄉，此後，木曾川便成為遠藤晚年中心眷戀之地。四月，與夫人同赴倫敦，同月歸國。六月，安岡章太郎受洗時，成為其教父。八月，以日本筆會會長身分出席國際筆會的漢城大會，九月歸國。十一月，夫妻一同參加於《反逆》登場的遠藤母親之遠祖（戰國竹井一族）的出生地——岡山縣小田郡美星町（中世夢原）——「血之故鄉」石碑的揭幕典禮。英國彼得歐文出版社出版《醜聞》。

一九八九年　昭和六十四年・平成元年　六十六歲

四月，辭去日本筆會會長。前往北琵琶湖清水谷及小谷城尋找歷史小說的題材，「湖北之春」銘記心中。十二月，父常久過世（九十三歲）。雖一直無法原諒拋棄母親的父親，但最後還是體諒父親的孤獨，前往探視。這一年，提倡「回應老人所需的老人志工」，成立「銀之會」志工團。英國彼得歐文出版社出版《留學》。

一九九〇年　平成二年　六十七歲

二月，為新長篇作品取材，遠赴印度，在德里的國立博物館看到查姆達像，前去Benares取材，同月回國。七月，遷往目黑的花房山工作。八月，開始創作日記（歿後，出版《深河創作日記》）。九月，開始連載《男人的一生》。

一九九一年　平成三年　六十八歲

一月，擔任三田文學會理事長。五月，赴美參加約翰・凱洛爾大學舉辦的遠藤文學研究學會，同時獲贈名譽博士學位。與馬丁・史柯西斯導演會晤，商討《沉默》拍片事宜，同月歸國。九月，天主教東京教區百週年紀念，於中央會館發表演說。十二月，赴台灣，輔仁大學贈予名譽博士學位。

一九九二年　平成四年　六十九歲

九月，診斷出腎有問題，隔月入院檢查。

一九九三年　平成五年　七十歲

五月，住進順天堂大學醫院，接受腎臟病的腹膜透析手術。隨即展開三年半與病魔搏鬥的住出院生活。六月，新作長篇小說《深河》由講談社出版發行。出版時，克服心臟引發的危篤狀況，撫摸送至床邊的《深河》。十一月，松村禎三作曲的歌劇《深河》於生日劇場首演。

一九九四年　平成六年　七十一歲

一月，於《朝日新聞》連載最後的歷史小說〈女〉，直到十月，《深河》獲每日藝術獎。四月，英國彼得歐文出版社出版《深河》，是第十三部英譯版作品。隔月，《紐約時代》刊登橫跨二頁的書評、入圍 INDEPENDENT 新聞主辦之外國小說獎決選等，於世界各地獲得極高的評價。五月，原作《我·拋棄了的·女人》改編而成的音樂劇《別再哭泣》於音樂座公演。英國出版英譯版的《我・拋棄了的・女人》。

一九九五年　平成七年　七十二歲

一月，於《東京新聞》連載〈黑色揚羽蝶〉，因為健康不佳於三月二十五日停止連載。四月，再次住院。卸任三田文學會理事長。六月，出院。電影《深河》（熊井啟導演）殺青，遠藤觀看試片後哽咽不已。九月，因腦內出血住進順天堂大學醫院，之後，無法言語，藉緊握順子夫人之手傳達意思。十一月，獲頒文化勳章。

一九九六年　平成八年　七十三歲

四月，住院治療腎臟病。由腹膜透析換成血液透析。奇蹟式地好轉，其間口述筆記〈回憶佐藤朔老師〉成為絕筆之作。九月二十九日下午六點三十六分，因肺炎引起呼吸不順，逝世於醫院。臨走之際神色洋溢光采，握著順子夫人的手說道：「我已經走進光環中，見到母親及兄長，妳可以放心了。」十月二日，在佐麴町的教堂舉行告別式。彌撒司儀是井上洋治神父，由安岡章太郎、三浦朱門、熊井啟致悼辭。參加告別獻花的群眾多達四千人。靈柩中依其遺志置有《沉默》、《深河》兩部作品。遺骨葬在位於府中天主教墓園的遠藤家之墓，埋在母親與兄長之間。

一九九七年　平成九年

九月二十九日，近千位友人聚集於東京會館，舉行「遠藤周作先生追思會」。十月，原作《我．拋棄了的．女人》電影版《愛》（熊井啟導演）殺青。

一九九八年　平成十年

四月，世田谷文學館舉辦「遠藤周作展」（六月結束）。七月，輕井澤高原文庫舉辦「遠藤周作和輕井澤展」（九月結束）。

一九九九年　平成十一年

四月，《遠藤周作文學全集》（全十五卷）由新潮社開始發行，翌年七月完結。

九月二十九日「周作忌」於三田舉行，之後每年實施。

二〇〇〇年　平成十二年

五月十三日，遠藤周作文學館於長崎縣外海町之夕陽丘開館。

二〇〇一年　平成十三年

舉辦遠藤周作文學館開館一週年紀念企劃展「從作家的書架——加註的書本與狐狸庵相簿」。

十一月，未發表日記〈一篇小說到完成為止的備忘筆記〉於《三田文學》刊載。

二〇〇二年　平成十四年

於遠藤周作文學館舉辦第二次企劃展「遠藤周作喜愛的長崎——從《沉默》到《女人的一生》」。

二〇〇三年　平成十五年

八月，《文藝別冊　遠藤周作》由河出書房新社出版，刊載未發表日記〈五十五歲之後私人創作筆記〉。

二〇〇四年　平成十六年

四月，於遠藤周作文學館發現以為遺失的《沉默》草稿。五月於遠藤周作文學館展出《沉默》草稿，《遠藤周作沉默草稿翻刻》由長崎文獻社刊行。

二〇〇六年　平成十八年

九月，收錄與阿川弘之未發表之往返書簡之《狐狸庵交遊錄》，以及十二月《狐狸庵食道樂》均由河出文庫出版。

二〇〇七年　平成十九年

三月，遺物中發現剛從法國留學歸國後的約一百二十封信。五月，《狐狸庵動物記》；六月，《狐狸庵讀書術》由河出文庫出版。

二〇〇八年　平成二十年

二月，《堀辰雄備忘錄・沙特傳》由講談社文藝文庫出版。

二〇〇九年　平成二十一年

一月，《狐狸庵人生論》由河出文庫出版。十一月，《遠藤周作文學論集　宗教篇》《遠藤周作文學論集　文學篇》全二卷（加藤宗哉・富岡幸一郎編）由講談社出版。

二〇一三年　平成二十五年

《遠藤周作短篇名作集》由講談社文藝文庫刊行。

二〇一四年　平成二十六年

一月，町田市民文學館舉辦「遠藤周作《武士》展」。三月，《我是我、這樣子就好》由海龍社出版。五月，遠藤周作文學館舉辦第八次企劃展「遠藤周作與歷史小說——從《沉默》到《王之輓歌》」。九月，《有趣奇妙過一輩子》由河出書房新社出版。第一部全片在台灣拍攝完成的好萊塢一級製作。經由國際名導李安牽線，二〇一四年，史柯西斯偕攝影師到台灣勘景。

二〇一五年　平成二十七年

年初，馬丁・史柯西斯將劇組拉拔到台灣各地拍攝，地點遍及中影片廠、陽明山、平溪大華壺穴、金瓜石燦光寮古道、北投秀山國小、貢寮桃源谷、萬里焿子坪、金山、三芝、台中造浪池、花蓮牛山和石梯坪等地，在台灣待了八個月，動員七百五十名演員和工作人員（包括超過三百五十名台灣工作人員）、超過三千名臨時演員。

三月，《人生、應徹底吊兒郎當》；九月，《還有明天這一天不是嗎》由河出書房新社出版。十月至十二月，名古屋近代文學館舉辦特別紀念二人展「梅崎春生×遠藤周作展」。

二〇一六年　平成二十八年

遠藤周作《沉默》改編成同名的電影，十二月二十三日於美國放映。

一九五四年以伊達龍一郎筆名發表於《オール讀物》的〈非洲的體臭〉被發現，被視為遠藤中間性小說處女作。

二〇一七年　平成二十九年

電影《沈默》一月二十一日於日本全國放映。二月十七日於台灣放映。

內容簡介

在遠藤周作的創作譜系中，《我．拋棄了的．女人》歸屬大眾文學作品，雖不同於《沉默》、《深河》、《武士》等純文學創作，但仍貫串作者一直以來不懈追尋、探討的共通主題：神性 vs.人性。

遠藤試圖在面向大眾的報紙連載作品中，實現純文學作品所無法達到的理想，亦即破除文學的框架，以更積極的態度嘗試不同風格的創作。《我．拋棄了的．女人》便是其勇於嘗試之下的佼佼者，亦是作家本人最鍾愛的作品之一。

「在人生的道路上，要把別人的悲傷和自己的悲傷連結在一起」，作者透過主角森田蜜願與他人共甘苦的愛德行為，將基督的訊息寓於其中——「他們都是好人，為什麼要受這種苦？這麼好的人，為什麼會遭遇到這麼悲慘的命運？」——這是蜜提出的疑問，也是遠藤對讀者的提問。

在故事的最後我們看見，原來神不在他方，就在蜜的心裡。原本生活在泥濘中，平凡而愚蠢的女孩，因為對「愛」的希求而奉獻自我，真正地活出了神的教導，最終將自己的人生從卑下提升到崇高的境界，成為了「理想的人」。

作者簡介

遠藤周作

近代日本文學大家。一九二三年生於東京，慶應大學法文系畢業，別號狐狸庵山人，曾先後獲芥川獎、新潮社文學獎、每日出版文學獎、每日藝術獎、谷崎潤一郎獎、野間文學獎等多項日本文學大獎，一九九五年獲日本文化勳章。遠藤承襲了自夏目漱石、經芥川龍之介至崛辰雄一脈相傳的傳統，在近代日本文學中居承先啟後的地位。

生於東京、在中國大連度過童年的遠藤周作，於一九三三年隨離婚的母親回到日本；由於身體虛弱，使他在二次世界大戰期間未被徵召入伍，而進入慶應大學攻讀法國文學，並在一九五〇年成為日本戰後第一批留學生，前往法國里昂大學留學達二年之久。

回到日本之後，遠藤周作隨即展開了他的作家生涯。作品有以宗教信仰為主的，也有老少咸宜的通俗小說，著有《母親》、《影子》、《我．拋棄了的．女人》、《醜聞》、《海與毒藥》、《沉默》、《武士》、《深河》、《深河創作日記》、《遠藤周作怪奇小說集》、《遠藤周作短篇小說集》、《初春夢的寶船》、《到雅典》等書。一九九六年九月辭世，享年七十三歲。

譯者簡介

林水福

日本國立東北大學文學博士。曾任輔仁大學外語學院院長、日本國立東北大學客座研究員、日本梅光女學院大學副教授、中國青年寫作協會理事長、中華民國日語教育學會理事長、台灣文學協會理事長、國立高雄第一科技大學副校長與外語學院院長、文建會（現文化部）派駐東京台北文化中心首任主任；現任南台科技大學應用日語系教授、國際芥川學會理事兼台灣分會會長、國際石川啄木學會理事兼台灣啄木學會理事長、日本文藝研究會理事。

著有《讚岐典侍日記之研究》（日文）、《他山之石》、《日本現代文學掃描》、《日本文學導讀》（聯合文學）、《源氏物語的女性》（三民書局）、《中外文學交流》（合著、中山學術文化基金會）、《源氏物語是什麼》（合著）、譯有遠藤周作《母親》、《影子》、《我・拋棄了的・女人》、《海與毒藥》、《遠藤周作怪奇小說集》、《遠藤周作短篇小說集》、《初春夢的寶船》、《醜聞》、《武士》、《沉默》、《深河》、《對我而言神是什麼》、《深河創作日記》；井上靖《蒼狼》；新渡戶稻造《武士道》；谷崎潤一郎《細雪》（上下）、《痴人之愛》、《卍》、《鍵》、《夢浮橋》、《少將滋幹之母》《瘋癲老人日記》；大江健三郎《飼育》（合譯、聯文）；與是永駿教授編《台灣現代詩集》

（收錄二十六位詩人作品）、《シリーヅ台湾現代詩ⅠⅡⅢ》（國書刊行會出版，收錄十位詩人作品）；與三木直大教授編《暗幕の形象─陳千武詩集》、《深淵─瘂弦詩集》、《越えられない歴史─林亨泰詩集》、《遙望の歌─張錯詩集》、《完全強壮レシぴ─焦桐詩集》、《鹿の哀しみ─許悔之詩集》、《契丹のバラ─席慕蓉詩集》、《乱─向陽詩集》；評論、散文、專欄散見各大報刊、雜誌。研究範疇以日本文學與日本文學翻譯為主，並將觸角延伸到台灣文學研究及散文創作。

文字校對

馬興國

中興大學社會系畢業；資深編輯。

責任編輯

王怡之

東吳大學中文系畢業；資深編輯。

國家圖書館出版品預行編目 (CIP) 資料

我．拋棄了的．女人 / 遠藤周作著 ; 林水福譯 .
-- 初版 . -- 新北市：立緒文化，民 106.02
面； 公分 . --（新世紀叢書）

ISBN 978-986-360-080-0（平裝）

861.57 105025550

我．拋棄了的．女人

出版——立緒文化事業有限公司（於中華民國 84 年元月由郝碧蓮、鍾惠民創辦）
作者——遠藤周作
譯者——林水福

發行人——郝碧蓮
顧問——鍾惠民

地址——新北市新店區中央六街 62 號 1 樓
電話——(02)2219-2173
傳真——(02)2219-4998
E-mail Address——service@ncp.com.tw
網址——http://www.ncp.com.tw
Facebook 粉絲專頁——https://www.facebook.com/ncp231
劃撥帳號——1839142-0 號　立緒文化事業有限公司帳戶
行政院新聞局局版臺業字第 6426 號

總經銷——大和書報圖書股份有限公司
電話——(02)8990-2588
傳真——(02)2290-1658
地址——新北市新莊區五工五路 2 號
排版——菩薩蠻數位文化有限公司
印刷——祥新印刷股份有限公司

法律顧問——敦旭法律事務所吳展旭律師

分類號碼——861.57
ISBN——978-986-360-080-0
出版日期——中華民國 106 年 2 月　初版　一刷 (1 ～ 1,800)

定價◎ 350 元　立緒